青い瞳

作　岩松　了

●目次

●登場人物

ツトム　中村獅童
サム　上田竜也
ミチル　前田敦子
アライ　竪山隼太
（サイトウ）マコト　金井勇太
カオル　瑛蓮
エバ　田代絵麻
チビ（タダシ）　藤木 修
トシミツ　篠原悠伸
ドイ　藤原季節
ヤマベ　木原勝利
ジュンコ　エミ・エレオノーラ
ツトムの父　岩松 了
タカシマケンイチ　勝村政信
ツトムの母（しのぶ）　伊藤 蘭

青い瞳

作　岩松　了

プロローグ

何もない空間。
一人の男が歩いてくる。
その男（ツトム）は、何かを探しているようでもある。
振り返ると、遠くに煙がたちのぼっているのが見える。
ツトムは、その煙の方へ歩こうとする。
と、また背後に感じた。人の気配だ。
ツトムは立ち止まり、その方を見た。
そこにいた男、アライ。
互いを見たツトムとアライ。

アライ――人まちがいじゃないかって言ってたんだよ。

ツトム――え？

一人の女（カオル）が出てきて、アライの脇に立つ。

アライ――尾けてたんだろ？　だから、今こいつとさ。
カオル――……。
ツトム――前を歩いてたってことか。オレの前を。
カオル――見てたでしょ。私たちが……前を歩いている私たちのことを。
ツトム――いや……。
カオル――ハッ！　そこの角を曲がる時だって明らかにあとを追ったでしょ。私たちの！
ツトム――（アライを見る）
アライ――オレの顔みたって、同じことしか言わねえよ、こいつと。
ツトム――気づいてねえよ。あんたらが前を歩いてたなんて。
アライ――だって、他に人はいないんだぜ。
ツトム――（それを確かめるかのように、あたりに目をやって、そして）……そんな誤解を与えてしまったのなら謝るよ。
アライ――いやいや、それで一件落着ってことにはならねえよ。
カオル――謝るって何？　すごく嫌いな言葉。
アライ――好き嫌いはいいよ。（ツトムに）この先に何か用事でもあるのかな。そういうことなら、あんたがオレたちのあとを歩いてたってことが、たまたまだってことにもなりうるわけだが。

ツトム――用事……いや、特には。

アライ――……。

ツトム――あんたらは、ここらあたりに画材屋さんがあったのは知っているのか？

カオル――画材屋さん？　絵の具やなんかの？

ツトム――ああ。店先には、いろんな大きさのカンバスが並べてあった。

アライ――仮にあったとしても、こんな時間じゃ、もう店も閉まってるはずだろ。

ツトム――買うんじゃない。あったはずだって話をしてるんだ。

アライ――……。

カオル――……。

ツトム――ああ、ちょっとなつかしくって、歩いてただけだ。

アライ――（探るように）戦争が始まる前のことを話してるのか？

ツトム――……。

カオル――（重ねて）戦争が始まる前のこと？

ツトムは、二人から離れて行こうとした。

アライ――ちょっと待てよ。
ツトム――（止まる）
アライ――あんた、オレたちを尾けていた。そうだろ？
ツトム――……。
アライ――人まちがいなんかじゃないよ。あんただろ、ミチルの兄さんだってのは。
カオル――（アライに）ミチルの？
アライ――時々、ブランコに顔出しちゃ、二、三杯ひっかけて帰ってゆくって……。ああ、そうですよ、この先がブランコで、オレたちは今まさにそのブランコに向かってた。
ツトム――仮にオレがそのブランコに向かってたとしたら、あんたらを尾けてたってことにはならないんじゃないのか？　あんたの言う、そのたまたまってことになるわけだろ？
アライ――どうかな……。オレたちがブランコにいる時間でなきゃならないとしたら、たまたまって言葉もあやしくなる……。

ツトム、また煙の方が気になる。

アライ――気になりますか？　戦場ではよく、あんな煙があがるらしいですね。
カオル――ミチルの……。（と豆を食べる）

アライ――（カオルを笑って）何だよ、豆食いながら。
カオル――（アライに差し出す）ん。
アライ――いらねえよ。
カオル――（ツトムのことを）ちょっとした有名人だものね。
アライ――（煙のことを）ありゃ、ゴミの焼却場ですよ。それこそ戦争が終わる頃に始まった……。
カオル――ていねい語。
アライ――国のために戦ってくださった方だ。敬意を表さなきゃ。
カオル――心にもないことを。
アライ――おまえ、オレのことを誤解してるよ。
カオル――あら、そう。
アライ――アライと言います。（とツトムに手をのばす）
ツトム――（握手をためらう）
アライ――あ、これはカオルといって、
カオル――アライの女です。
アライ――おまえ、品がない。
カオル――うん。薄々感じてる。

結局、握手はしなかった。

ツトム――（少し笑う）フフ……。
カオル――（ので）何？
ツトム――あんたらのことを尾けてたような気がしてきた……何日か前にも同じようなことを言われたんだ……ただ歩いてただけだったんだが、急に前を歩いてた奴が立ち止まって「なんでオレを尾けるんだ」って……尾けてやしなかった……でも……（言いよどむ）
カオル――でも、何よ。
ツトム――言い合ってるうちに自信がなくなってきた……。前を歩いてるそいつのことを、その動く人影をずっと追ってたような気がしてきたんだ……でないと、オレが歩いてる意味がなくなってしまう……何しろ何のあてもなく歩いていたから……。

アライもカオルも、告白めいたツトムの語りに、顔を見合わせたりして……。

アライ――ミチルは、今日は？
カオル――来てるはずよ。
アライ――あなたがこのままブランコに向かえば、歩いてたことにも意味はあったってことになる。

前の方で動く……影？　うん、影を追ってたってことにはならない。

ツトム――なぜ人まちがいだと？

アライ――え？

ツトム――言ったろ。人まちがいじゃないかって話をしていたって……。

アライ――ああ……いや、まあ、それは……。

ここに、体の小さいその名もチビと呼ばれる男がきた。チビは、そこにツトムがいることをちょっと気にしてから、

チビ――サムがちょっと遅れると……。

アライ――遅れると？

チビ――連絡が入りました。

アライ――本人から？

チビ――ハイ、本人から……。（ツトムを気にするので）

アライ――お客様だよ、ブランコの。

チビ――ええ。何度か……ミチルの兄さん。

アライ――何だ、知り合いか。

チビ――いいえ、知り合いってわけじゃあ。
カオル――わざわざ言いに来たの、そのことを。
チビ――そのことってのは？
カオル――サムが遅れるって。
チビ――いえいえ……ちょっと用事をたのまれて……。（とツトムが来た方を指す）
アライ――じゃあ用事果たせよ。
チビ――ハイ、ハイ！　じゃあ。

チビ、去る。

アライ――サムってのは。
ツトム――知ってる。
カオル――ミチルのこれ。（親指をたてる）だってことも？
アライ――またおまえは……何だよこれ。（と親指を）
カオル――サム。
アライ――くだらねえ。（ツトムに）行きますか。
ツトム――……。

アライ――（カオルに）先歩けよ。尾けるから。

カオル、先に歩き出す。

それにつづいて、アライ、そしてツトムも歩き出す。

と、それらを見ていたかのように、別の場所から、一人の男が現れる。サムだ。

サム――……ふと気づくと、誰かのあとを歩いている、とあの男は言った。オレは……笑ったかな……「ふと気づくと？」うん、笑ったと思う……。「そりゃどういうことですか？」そう聞き返した時、あの男もまた笑ってたのを覚えてるから。オレが笑ったから、あの男も笑ったのだ。笑いながらこう言った。「動くもの、光るものに知らないうちについていこうとしてるようだ。」笑うことで自分の負担を軽くしているようにオレには思えた……「バカげてることはわかってる。」笑うことでそんな言い訳をしているように思えたのだ。だが、どうなんだ。笑ったからと言って負担は軽くなるのか？　むしろ笑ったあとに、何か、重いものが残るだけなんじゃないのか？

……戦争がお兄ィちゃんを変えてしまった……ミチルはそう言った……そう、あの男とはミチルの兄さんのことだ……彼はオレのことを、ミチルの恋人だと聞いて、その、何だ……品定めに、あのブランコに来たのだと思った。だがそれはオレの勝手な自意識……。ホントのところはそんなことでもなかったようだ。かわいい妹の恋人としてこのオレが合格か不合格か……（少し笑って）……あ、ブランコってのは、オレたちの溜り場で、文字通りオレたちはそこで、ここちよく揺られる日々を送っていたんだ。……少なくとも、仲間だったコモリという男が、オレたちの前から姿を消すまでは。

舞台中央へ歩いてゆくサム。

と同時に、そこは、溜り場《ブランコ》になってゆく。

1 ブランコ

大勢の人影とともに、そこにいる人間たちがうごめいているのがわかる。
ピアノを弾いている女（ジュンコ）。
アライ、カオルの他に、ヤマベ、ドイ、トシミツという男たちがいる。
ツトムはカウンターに背中を向けて座っている。
サムは、隅の方でグラスを持って……。
携帯電話を耳にあてていたトシミツが、それを切った。

トシミツ――出ませんね。
アライ――どうしたの、どうしたの、サム。てっきり二人一緒だと思ってたのに。
サム――いや、オレは……。
カオル――ぎくしゃくしてるの？
サム――……。
カオル――あら。

アライ――（ツトムのグラスをみて、ドイに）入れてやれよ。

ドイ――あ……。

ドイ、ウィスキーをツトムのグラスに注ごうとする。

ツトム――いや、もういい。

ヤマベ――（サムに）どうなってんの、おまえたち。連絡はとってんだろ？

サム――ああ、たまに。

ヤマベ――たまにって……お兄さんがいるからって遠慮することねえよ。

ツトム――行くわ。

立ち上がるツトム

サム――（ツトムに）ホント知らないんです。

ツトム――連絡するように言っといてくれればいいよ。

アライ――いやいや、せっかくここまで来て……。……オレたちのこともちょっとはわかってほしいし……。

ツトム――わかる必要もないと思うけどな。
アライ――そうスか。だってオレたち、尾けられてると思ったんですよ。
ツトム――だから？
アライ――ジュンコさん！　ＯＫ、ＯＫ。もういいよ。

ピアノをやめるジュンコ。

アライ――（苦笑いで）静かになっちゃった。
ツトム――あんたらが、この土地のもんじゃないってことぐらいは知ってるよ。
アライ――ああ……ま、確かに。
ヤマベ――（サムに）おまえ、どこまで話してんの？
サム――何を？
ヤマベ――何をじゃねえよ、オレたちのことを、このお兄様にさ。
サム――何も。
ドイ――だけど、おまえがミチルの彼氏だってことは――。
サム――ああ、それは……。
ツトム――オレは、ミチルに用があって来たんだ。いなきゃ帰るだけだろ。

カオル――一人いなくなってんのよ、コモリって男が。ミチルがそのことで何か知ってるんじゃないかって話になってるの。だからこうして集まってるのよ、今日は。
アライ――おまえも……。
カオル――何よ。
アライ――（他のメンバーに）こいつの言い方ってさ、なんか情感てものがないと思わない？
他の者――……。
アライ――あれ、オレだけの感想？
カオル――何よ、情感て。
アライ――撤回。撤回。
ツトム――どうして知ってるんだ、ミチルが。そのいなくなったって男のことを。
ドイ――そりゃサムに聞くべきことじゃないの？
サム――ミチルがよく聞いてあげてたってだけの話でしょ、コモリの話を。
ツトム――……。
サム――（トシミツに）もう一回電話してみてくれよ。
トシミツ――（電話しようとする）
カオル――（のを）あんた、自分の電話で電話しなよ。
サム――オレの電話じゃ出ねえかもしんないから。

カオル――……へえ……。
サム――（固唾をのんでしまったまわりの人間に）フフ……深みにはまったような顔しないでくれよ。あるだろ、そういう気分の時くらい、どんなに仲良くったって。
ツトム――（いきなり）何すんだ!!
ジュンコ――何よ！
ヤマベ――アッチだよ。
ジュンコ――あー。

近くにいたトシミツがツトムの手を触ったのだ。

トシミツ――（驚いて）何だよ……手を触っただけじゃないか。
ツトム――……。
トシミツ――ひどい傷だなと思ったから。
カオル――びっくりした……！
トシミツ――（回復しようとして）触るよな！　だって、こんな――（とツトムの手を再度つかんだ）

いきなりトシミツをなぐるツトム。

まわりの者も驚く。

トシミツ――いてぇ……！

アライ――トシミツ、そりゃおめえが悪いよ。いくら名誉の負傷ったって、こんなところで見られて嬉しいもんじゃねえだろ。

トシミツ――あ、戦場で……。

アライ――決まってんだろ。誰だと思ってんだよ、この人を。おまえみたいな生ぬるい生き方してねえって話さ。

いきなり、トシミツをけるアライ。

トシミツ――うっ！

アライ――こんなことで評判落としてんじゃねえぞ！

トシミツ――いや、オレは……。

アライ――オレじゃねえ！　オレたちのだ！

ツトム――（サムに）いなくなった男と、ミチルが何か関係してるって話か？

サム――……。

ヤマベ――立ち退きの話がもちあがってるんスよ。このブランコの立ち退き。コモリって男はむしろ、そっちに関係してるんじゃねえかってオレたちは思ってるわけ。あいつは。あいつだけがこの土地のもんでさ。もともとオレたちとは、何ちゅうか、ちょっと距離があって……っていうか……。

カオル――ミチルだってこの土地の者じゃない。

ヤマベ――あ、ミチルとコモリだけがって言った方がいいか。

ドイ――コモリは、オレたちとつるんでることを、よく思われてなかったみたいだしな。まわりのもんに。

ヤマベ――じゃあ、ミチルはどうなのよって話になるわけなんスよ。

少し前から中に入ってきていて皆の中に入りそびれていたチビ。

チビ――（痛がっているトシミツに）どうしたの？

トシミツ――いや……。

ツトム――立ち退き？

ヤマベ――ま、邪魔だってことでしょ、オレたちが。（トシミツに）おまえ、わざとらしい！

トシミツ――あ、すいません。

ヤマベ――(笑って) すいませんかよ。
アライ――嬉しいな。ちょっとは興味もってもらえたってことかな。オレたちのことに。
ツトム――(鼻で笑う)
アライ――オレはね、お兄さんに、あ、ごめんなさい。お兄さんて呼ばせてもらいますよ……戦場で経験されたことを、こいつらに話してほしいって思ってるんですよ。(トシミツをアゴでしゃくって) こういう生ぬるいのがいるから。
カオル――何? 勉強会?
アライ――お兄様の社会復帰の一環になれば、ただの勉強会とも言えねえぞ。
カオル――社会復帰?
アライ――ああ、おめえ、冷てえんだぞ、国は。体張って国のために戦ってきたのに、帰ってくりゃこの様だ。居場所のひとつも用意してくれねえ。
サム――オレ、ちょっと……。(出ていこうとする)
ヤマベ――何だよ。
サム――ミチル探してきますよ。
アライ――あてでもあるのか?
サム――(うなずいて) ……じゃあ。
ツトム――オレも行こう。

サム――……。

アライ――一緒に行ってもらえよ。

サム、つづいてツトム、出てゆく。

カオル――何度か来てるの？　ここに。

ヤマベ――今日で三度目じゃないかな。

ドイ――ホント。ただ飲んで帰るだけなんスけどね。

カオル――ミチルがいる時に？

ヤマベ――ハイ。

チビ――あのう……。（とアライに近づいて）今、そこでミチルさんに会ったんですけど。

皆――……！

チビ――入らないんですかって聞いたら、離れて行ったんです。

ヤマベ、ドイ、トシミツが追って、外に出ようとする。

アライ――ほっとけ。

三人――……。
アライ――ヤマベ。
ヤマベ――ハイ。
アライ――やってるのか、やるべきことは。
ヤマベ――ハイ、廃車の山から使えそうな車を探してます。
チビ――（ドイに）あ、これ。
ドイ――おう。
ヤマベ――何だ?
チビ――いや、ガムテープを。頼まれたもので。

場所は、変化していき――。

2　路地

夜道を歩いてくるツトムとサム。

ツトム――どこに行くつもりだ？　アテはないんだろ？
サム――ちょっと息苦しかったもので。
ツトム――……。
サム――コモリは、アライさんの命令に、まあその……そむいたんです……この町の行政担当の議員の家に郵便物を届けろって言われて……それを……。
ツトム――郵便物？
サム――ええ。起爆装置が仕込んであった……。

その路地のかげから、ミチルが――。

ツトム――ミチル……！

ミチル――（少し笑って）一緒だったんだ……。
サム――すいません。アテがなくもなかったってことです。
ツトム――……。
ミチル――お兄ちゃん、今日は家に帰るわ……。だからしばらく二人だけにしてくれない？
ツトム――……。
ミチル――（とりつくろうように）今、そこにいたら、カエルがいた……こんなちっちゃいカエルが……近くに川もないのに。「あなた基本的にどこで暮らしているの？」って聞いちゃったわよ……手のひらに乗せたら居心地がよかったのか悪かったのか、じっと動かないの……。「わかってるのよ、生きてるってことは。」って言ったら……ハハハ……言ったら急に、飛ぶの、飛んだの。（手のひらを示して）ここから、こっちに！　私、あまりのことに驚いて、手をこう……（と振り払った仕草）……だけどすぐに、草むらに落ちたカエルを探したの……「ごめんなさい。そんなつもりじゃなかったの。」って言うためによ……。
サム――川はあるよ、そっちに。
ミチル――ええ。でも私は近くにって言ったわ。だって、こんなちっちゃいカエルよ。

ツトム、黙って去ろうとする。

ミチル――お兄ちゃん。
ツトム――え？
ミチル――帰るから、今日は。
ツトム――ああ。

ツトム、去る。

ミチル――……。
サム――で？　見つかったの？
ミチル――え、何が？
サム――さっきの、草むらに逃げていった。
ミチル――ああ、カエルね……カエル。ううん、見つからなかった。すぐだったのに。
サム――すぐ？
ミチル――だから、こうやって（振り落してから）から、すぐだったのに。
サム――……。
ミチル――私、近くまで行ったのよ。でも、あの子、ホラ、チビって呼ばれてる。
サム――タダシ。

ミチル――そう、見つかったの、だから……。

サム――……。

ミチル――おこってる？

サム――いや……。コモリのことを当然オレも知ってるだろうって空気になってる……。

ミチル――……。

サム――いや、そりゃ別にかまわない。

ミチル――わかるわ。あなたの言いたいことも。でも私はあなたから離れたくない。

しばし、互いに言うべきことがわからず。

サム――歩いてくる途中に、水たまりがあった……。そこで急に話し始めたんだ……。ああ、キミの兄さんがさ……どうして、あんな話をしたのかな……。

ミチル――どんな話？

サム――この水たまりで釣りをすれば、誰かが笑うのかって、そんな話だった……。それから、サイトウって戦友のことを話してくれた……。

ミチル――あぁ。

サム――あ、そうだ。オレが、つかず離れずの距離から見られてるような気がするってこと、言った？
ミチル――うん、言った。
サム――そのことも言われた。
ミチル――言わない方が良かった？
サム――いや、そういうことじゃない。そのことは、ミチルの兄さんだからってことじゃないんだけど。何だかそういう風にとられちまったかなと思って……。
ミチル――妹の恋人を観察してるってことじゃなくてってことね。
サム――ああ……。
ミチル――フフ……。恋人って言ってしまった……。
サム――さっき、トシミツの奴が、兄さんの手を触って、それで……。
ミチル――手って、キズのこと？
サム――ああ、急なことだったから、兄さんも驚いたんだろう。逆にここんとこをなぐられた……。オレは、何だか自分がなぐられたような気がして……おびえた自分がイヤだった……。
ミチル――え？ それは？
サム――トシミツとどっかで同じ気持ちだったんだろうな……。
ミチル――……。

サム――ミチル。
ミチル――何?
サム――オレが今、何を考えてるか、わかるか?
ミチル――……うぅん。
サム――もしかしてこういうことかな、くらいのことは思った?
ミチル――……。
サム――たぶんそれだよ。オレが考えてることは。
ミチル――……。(二、三歩あとずさる)
サム――だからミチルは、今後、二度とブランコには顔を出さない、いいな。
ミチル――……。(苦しくも少しばかり笑って) コモリさんを見つけて、連れてくればいいの?
サム――そういうことじゃない。
ミチル――カエルの話なんかしないようにするとか? こんなところで待ち伏せたりしないようにするとか!?
サム――……。
ミチル――じゃあ聞くわ。私が今、何を考えてるか、わかる?
サム――……。
ミチル――そう、考えないようにしてるって言いたいのね。そういうことは。あんまりじゃない?

自分の考えてることだけわかってほしいだなんて！

サムは、ミチルをつかまえ、強引に抱きしめようとする。

ミチル――（逃れようとして）ダメよ。今必要なのは言葉だもの！

サム――ミチル！

ミチル――それは、ただの名前！

サム――……。

ミチル――あなたがなぜコモリさんを一緒に探そうって言ってくれないのかわからない。あんなに仲の良かった友だちなのに！

サム――……。

ミチル――ホントは知っているの？　コモリさんがどこにいるのか。

サム――いや……。

ミチル――あなたが兄のことを話すたびに不安になる……。……私から離れていくような気がするのよ。兄があなたにサイトウって戦友のことを話した理由もわからない……。ね、二人で探し出そう、コモリさんを！

サム――サイトウって人は……そんな戦友がホントにいたのか？

ミチル ――え？

風景がくずれ、別の場所になってゆく。

3 アトリエ

カンバスが無造作に置いてある。
高い窓から陽が差している。
アトリエのようだ。
一人の女（ツトムの母）が、外を見ている。
そこに男がコーヒーを二人分持って出てくる。

母――あ、どうも。
男――（母が見ていた方のことを）あそこらあたりも更地になってしまった……戦争で被害をこうむるのは、何も人間ばかりじゃないってことですよ。
母――（テーブルを珍しげに見る）
男――（ので）あ、これ。買わせていただきました。こうやってお茶を乗せたりするテーブルがあればいいなと思っていたんで。
母――ステキ。

男――そう言っていただければ……。あ、砂糖は？

母――大丈夫。自分で。ええ。

男――これ、はさむようになってますので。

母――あ、ハイ。

男――ボクは手で。ハハハ。

男、角砂糖を手でつかんで自分のコーヒーに入れる。

母――えい！　やぁ！（と角砂糖をコーヒーに入れる）

男――今日は、御主人は？

母――仕事があるからと言って。

男――そうですか……。（イーゼルにある絵を見て）あの更地です……。不思議なものです。あそこに以前のように建物があれば何の興味もひかないはずなのに。ああやって、何て言えばいいのかな……人の努力、そのためについやした時間、そういったものが無きものにされたものに、その風景に何かを感じてしまう……それでいて、こっちは、（アトリエを見まわすようにして）その努力とついやされた時間の中にいる。フフフ。まるで戦争などなかったかのような……。

母――だって、そうしないと人は……。

男――ええ。今日より明日。そう思わないとね。どうしました？

母――いいえ、砂糖が。（と膝の上を払う）

男――あ、蟻が来る！

と雑巾を持ってきて、そこらを拭く。

母――（恐縮して）すいません、私が――。

男――いえいいえ、大丈夫です。大丈夫です。大丈夫です。来たら来たで……ええ、来たら来たで。熱いお湯でもひっかけてやれば……ん、大丈夫だ……。（と拭き終えて）……はさんだ時、こう、接点から、はがれ落ちたんでしょう。はさんだこれとその、砂糖との接点が……ある種の摩擦を生じて。

母――（雑巾の方を）あ、私が――。

母、雑巾をもって引っ込む。
男は、ひっこんだ母が見える位置まで来て、男――（しばし見ているが）あ、それ、その横棒にかけておいて下されば……。
母の声――ハイ。
男――……奥さん、御主人とその、何か意見の対立があるとか、そういうことはありませんよね。

母、出てくる。

男――え？
母――対立っていうより、主人は、自分の意見を言わないんです。
男――というと？
母――息子のことについては、ほとんど何も言わなくなりました。
男――……。
母――ですから……。（相手の名を呼ぼうと）
男――タカシマと呼んで下さい。それが私の名前ですから。
母――タカシマさんに会っていただければ、息子は、その、何かを感じ、思い出し、かつての、戦争に行く前のあの子に戻ってくれる、私がそう言っても、ただ「うん。」と言うだけで。
タカシマ――「うん。」って言うのは、肯定の意味じゃなくて？

母――（首を横に振って）もっと、虚ろな「うん。」……です。

タカシマ――……。

母――タカシマさん、あの子はホントに子供の頃、タカシマさんに会うことを楽しみにしていたんです。毎週土曜日、会って帰ってくると、今日はこんな話を聞いたよ、こんな絵を見せてもらったよって。それこそ目を輝かせて……。だからタカシマさんが、大学に行かれることになってこの町を離れる時、あの子は……。

タカシマ――あの子は？

母――すっかりふさぎこんで……私たちに、タカシマさんを大学に行かせないようにすることは出来ないのかって……。

タカシマ――私たちっていうのは、御主人と。

母――ええ、もちろん、私たち夫婦に。

タカシマ――……。

母――主人は言いました。いつかおまえも大学に行く。この町を出て行くんだ。大人になるとはそういうことだ。たった一人だと知っていくことだ、と。

タカシマ――それが今は何も？

母――え？

タカシマ――いえいえ。

母――ああ、ハイ。今はむしろ、あの子を避けるように……。
タカシマ――うーん……。
母――（左手を見て）あ……。

母は雑巾持って引っ込んだ方へ――。

タカシマ――どうしました？
母――いえ、指輪を……。（そちらを見て）あ、あります。ありました！

母、指輪をとりに引っ込む。
そして、はめながら出てくる。

タカシマ――なるほど……。
母――え？
タカシマ――（自分に言い聞かせるように）会いましょう。日程さえ決めていただければ……御期待にそえるかどうかわかりませんが。
母――ありがとうございます。

タカシマ――たった一人か……。

母――え？

タカシマ――たった一人だと知っていくことなんでしょうか。大人になるということは。

母――ああ……。

タカシマ――悲観的すぎやしないかなあ……。

母――主人はたぶん、息子に強くなってほしいと思って、そう言ったんだと思います。

タカシマ――それそれ。強くなってほしい、結局それは、この社会を戦いの場だと考えるがゆえの発想ですよね。

母――どうなんでしょうか……。

タカシマ――いや、そうですよ。そんな時、奥さんの方ではどんな言い方で、その、息子さんを？

母――タカシマさん、私、思うんです。主人は主人なりの考えで、そんなことを言ったと思うんです。思うんですが、それは所詮考え方であって、もしその時息子が別の考えをもっていれば、要するに、ここらへんを素通りしてゆくものなんじゃないでしょうか。ホントウに人を動かすものは、そういう考え方なんてものじゃなくて、もっとこう……何て言えばいいのかしら……まなざしのようなもの……私はあなたを見ていますよ、そういうものなんじゃないのかって、私は思うんです……。

タカシマ――……。

母――いえ、だからといって、私は主人のことを批難してるわけではないんですよ。

タカシマ――まなざしか……。

母――そうだったと思うんです。あのころ、タカシマさんがツトムに接して下さったのは……。

タカシマ――ツトム、そうツトムくんでしたね……。名前を忘れちゃいけない……。あ、じゃあ、これ、預かっておきます。

タカシマは分厚い資料のようなものを自分の手許に。
母は、タカシマの描きかけの絵を見る。

母――私も子供の頃は、よく絵を描いていました……。バス停になっている駄菓子屋さんがあって、そこには画用紙も売っていたんです。いつも座布団にじっと座って店番をしているおばあちゃんがいらして、私が買いに行くたびに「しのぶちゃんは、大きくなったら絵描きさんになるのかねえ。」って……フフフ……。（絵を見て）あら、ここにバス停が。（と指さす）

タカシマ――ええ。（窓の外を指して）ホラ、あそこに見えるでしょ、バス停。

母――あ、ホントだ……そっくり。

タカシマ――復興の兆しってことになるんでしょうね。あの路線バスが通るようになって。ここらあたりの人たちは、ずいぶん助かっているはずです。

母――ええ……。

タカシマ――今日は、あのバスじゃ？

母――ええ。あのバス停で降りて、ここまで……。この道を歩いて……。（窓の外を指して）あ、あの道ですね……。（また絵を見て）歩いてる人がいる……。

タカシマ――フフ……。人の気配が欲しかったもので……。

母――（絵を見ている）……。

タカシマ――寒くはありませんか？

母――え、どうしてですか？

タカシマ――いいえ、もしアレだったら、暖かくすることも出来ると思って……。

タカシマの携帯電話がなる。

タカシマ――（とって）ハイ……。（母に）ちょっと失礼。

タカシマ、席を外すべく出てゆく。

母――……。

ふいに母は、あるところに目をやる。
と、そこにツトムがいる。

母――ツトム……！
ツトム――……。
母――釣れたの？
ツトム――何が？
母――お魚よ。釣りに行ってたんでしょ？
ツトム――ああ……。
母――ああじゃわからない。わかってるのよ。釣りに行ってたってことは。車庫に釣り竿がなかったから、ああツトムは釣りに行ったんだって。
ツトム――釣り竿もって、山登りする場合だってあるよ。
母――(笑って) 山登りって！ その場合、釣り竿は、どんな役に立つのよ！
ツトム――役に？ 役には立たないさ。いや、立ってるのかな……。
母――どんな？

ツトム――持ってるだけで嬉しくなるとか。
母――嬉しくなる……え？　どういうことなの、それは？
ツトム――母さん、嬉しくなるって感情はわからないの？
母――わかるよ、わかりますよ。
ツトム――じゃあ、それだよ。
母――でも釣り竿もって山登りをして嬉しくなったりはしないわよ、母さんは。
ツトム――嬉しくなるって感情のことを言ってるんだよ。何をしてなんて話をしてるんじゃない！
母――嬉しい……そうか、嬉しいって感情ね……でもどうなの、感情だけが先にあるんじゃないでしょ？　何かがあるから感情が動くんじゃないの？　だったらその何かは、とても大事なことだと母さんは思うけどね。
ツトム――そうさ、何かがあるからだよ！
母――その何かを母さんは問題にしてるよ。
ツトム――じゃあ教えてよ。どんなことがあったら、母さんは嬉しくなるのか。
母――いろいろあるよ。そうだね。あんたが戦争から帰ってきてくれた。こんな嬉しいことはなかった！
ツトム――……。
母――もっとあるよ。例えば――（言おうとして）……。

ツトム――例えば？

母――どうして母さんをそんな目で見るの？　私が何かを言おうとするそばから、あなたはそれを鼻で笑おうとしている、そうでしょう？

ツトム――いいから。他にはどんなこと？

母――ううん。まずそれにこたえて！

ツトム――鼻で笑う!?　そんなこと出来ないよ！　どういうことかもわからない！　鼻で笑う!?　教えてくれよ。どういうんだ、鼻で笑うって？

母――あなたが戦争から帰ってきて嬉しかったって私が言った、その時、あなたが私に見せた顔のことよ！

ツトム――……。

母――どんな思いで私はあなたの帰りを待っていたか……夜眠る前、朝起きてから、あなたが無事でいることを、ただただ祈った！　その時私のそばにあるものに向かって！　目の前のコップに！　通り過ぎる人に！　鳴いている鳥の声に！　射してきた光に！　あなたがいない場所はなかった！　あなたがいない時間はなかった！

ツトム――……。

母――……。

ツトム――……思い出せないな、どんな顔をしたのか……思い出せれば、わかるはずなのに、母さんが言う〝鼻で笑う〟ってことがどういうことなのか。

母――わかってくれたのね。私が嬉しかったってこと……。

ツトム――……。

母――（少し笑って）……この頃、ミチルから聞くしかないんだもの、あなたのこと……私、ミチルに嫉妬するくらいよ、フフフ……で、お魚は？　釣れたの？

ツトム――うん……。

母――どうしたの、釣れたお魚は？　また放してきたの？　川の中に。

ツトム――母さん、釣りの話はしないでくれるかな……何でもないんだ、あんなこと。

母――……。

ツトム――会うことにするよ。

母――え？

ツトム――タカシマさんさ。

母――ホントに!?

ツトム――もうホントによく覚えてないくらいなんだ……でも……会えば思い出すかもしれない……。

母――ええ、思い出すわ、きっと！　あなたはまだ小学生。タカシマさんは美術大学を受験しようって高校生だった……母さん覚えてるの。一枚の真白い画用紙をあなたの前に置いて、タカシマさんが「さあ、ここにキミの未来がある。何でもいいから好きに描いてごらん」て言ったたって話。あなたがその日、家に帰って母さんに教えてくれたことよ。あなたは「そんなこと言われたら、何も描けなくなっちゃうじゃないか。」って言ったのよ。覚えてる？

ツトム――いや……。

母――そしたらタカシマさんがね、こう言ったの。「キミは頭がいいんだな。」フフフ……あとでその話をタカシマさんにしたの。母さん自らね。タカシマさんは私に言ったの。「考えるとはそういうことですよ。」……「なあに。考えさせるためにそういうこと言ったんですか。」って私が言ったら、「いや、ボクもそれで考えてしまったから。」って……

(ツトムの姿を探して) ツトム？

いつしかツトムの姿が見えなくなっている。

母――……。

タカシマが戻ってくる。

タカシマ――どうも、すいません。（携帯を示して）商売のことでちょっと。

母――ああ……。

タカシマの携帯が鳴る。

タカシマ――あ、まただ……。（その場で出て）何？　ランドローバー？　新型だよ……え？　古いのでいいの？　古いのはないよ……古くったって新しくったって値段はかわらないよ……かわんない、かわんない……。ハイ、ハイ。（切る）まったく、何を考えるって言うんだよ。

母――……。

タカシマ――こんな商売やってると、戦争のおかげでなんて陰口たたく奴がいるんです。だいたいもう一年半はたってるわけでしょう、戦争が終わって……どうかなさいました？

母――いえ……（ボーっとしてて）すいません。

タカシマ――しばらく警備隊の仕事に……。

母――あ、息子……ハイ、戦争が終わってから、向こうでしばらく国境警備隊として……。

タカシマ――軍事介入ではなかったということを力説するのに必死でしたからね、政府は。

母――今、思えば、こちらに帰ってから二カ月ばかりは普通に、ええ、普通に生活をしていました……ですが、その、二カ月たった頃、サイトウさんという方が息子をお訪ねになったんです……息子と行動を共にしていた兵隊さんの弟さんでした。戦友だったサイトウさんは戦場で命を落とされました……。弟さんは、そのお兄さんのことを聞きたいと、息子をお訪ねになったんです。戦場でどんな様子だったか、どうやって死んだのか、それを教えて下さいと……。

タカシマ——そのことがあってから……？

母——ハイ、息子が夢にうなされて「サイトウ！」と叫んでいるのを聞いたこともあります。

タカシマ——ツトムくんの、あいや、ツトムさんの不幸がお母さんの不幸になり、それは家族の不幸になる……。家族が不幸ならば、夜になって家々に灯る明かりは、何のためなんでしょう……！

母——……。

タカシマ——何か音楽でもかけましょうか。

母——いえ、もう失礼しなければ。

母、絵を見る。

母——（タカシマに見られているので）……いえ、未来が……。

タカシマ――ああ、ハイ。（絵の中のバス停を指して）ここまでお送りしましょう。

母――バス停……。

タカシマ――（イーゼルの足元を見て）あ……蟻が……ちょ、ちょっと待って下さい。

タカシマ、雑巾をとりに行って。

それで、蟻をたたいたり、拭いたりする。

タカシマ――二階だっていうのに、まったく！

母――さっきのお砂糖が……。

タカシマ――いえいえ、この距離ですからね。さっきのは関係ありません。関係ないんですが……何をかぎつけてくるのか……一気に大勢になるから、こいつらは……。

アトリエが崩れていって、

サムが歩いてくる。

4　道路

サム――……コモリから連絡があったとミチルから伝えられた日、オレはブランコに向かった。仲間にまだ伝わっていなければ、伝えるのはオレの役目だと思ったからだ……。だが、ブランコには鍵がかかっていた……。誰かがいるような様子もなかった……。（少し笑って）どうしてだろう、オレはふと、ミチルが嘘を言ったのではないかと思った。ただオレをつなぎとめておくための嘘……。いや、むしろオレを仲間からひきはがすための嘘だと言った方がいいか……。オレとミチル、そしてコモリがいた時、ミチルはオレたちの顔を見比べるようにして「楽園だね。」と言ったことがあった……。その前にあの日のことを話さなければならない……。ブランコから出て、ミチルに会う前のこと……。そう、彼は水たまりを見て立ち止まった……。

ツトムが、水たまりを見ている。

ツトム――どうだろう、オレがこの水たまりに釣り糸をたらして、魚をつってるんだって言えば、みんなは笑うかな……。いや、何かの例え話だってことをオレは知ってるんだ……。とても無謀なことにトライしているとかさ……。だからオレが例えばじゃなくて、実際にここに釣り糸をたらしてさ……笑えるはずのことだと思うんだけど、オレはふと考えてしまう。アレ？　どうして笑えるんだっけ？　何かおかしいか？

サム――……。

ツトム――いや、わかっておきたいんだよ。こうなって、こうなればおかしい。だから笑っていいんだとか、そういう筋道のことをさ。

サム――どうかな。必ずしも笑うかどうか。

ツトム――人が？

サム――ええ、人が。あ、あれに近いんじゃないかな。ホラ、砂漠でダイヤを探す。

ツトム――ああ……。

サム――ホラ、これだとわりとはっきりするんじゃないですか？　笑う必要もないような気がしませんか？　同じように無謀なことをやってますよ、でも、笑うまでが然るべき筋道だとも思えない。

ツトム――……。

サム――そうじゃありませんか？

ツトム――オレをなぐさめようとしてないか？　オレは別になぐさめてほしいわけじゃない。この水たまりに釣糸をたれることが、ちょっと笑いを誘う例え話のはずだ。そのことを確認したかった。それだけのことさ。

サム――でも、ホントに笑いを誘うものか、という疑問が生じたってことですよね。

ツトム――疑問？　いや、疑問じゃない。

サム――何ですか、疑問じゃなかったら。

ツトム――そんなはっきりしたもんじゃない。

サム――……。

ツトム――わかるか、オレは話の筋道をわかっておかないと、うっかり犯罪者になってしまうってことさ。さっきも、あんたらの仲間の――。

サム――アライさんたちを尾けてたって話ですね、聞きました。

ツトム――尾けちゃいなかった……。でも尾けてるって方が話の筋道のような気がしてきたんだ……。

サム――フフ……。

ツトム――オレがつかず離れずの距離からあんたをずっと見てる？

サム――え？

ツトム――そう言ったそうだな、ミチルに……。オレのまわりのすべての人間に向かって言いたい！　オレという人間はゼロだ！　もしオレについて、何か憶測めいたことを言うなら、オレはその憶測どおりの人間になってゆく……。それが社会に参加するってことじゃないのか、このオレが！

サム――コモリのことでミチルはいづらくなってます。だからしばらくブランコには顔を出さない方がいいってオレは言ったんです。

ツトム――……。

サム――コモリは、仲間が何かその、政治的になってゆくことをおそれていました。そんな男だからこの土地の者じゃないオレたちにも、ああいうブランコのような場所を確保するのに協力してくれたんです。

ツトム――あの場所は、コモリって男の持ちものだってことか？

サム――いえ……知り合いに口をきいてくれたってことです。オレたちはよそ者だったから……。

バスの通る音が遠くから聞こえてくる。

サム――（聞いていて）……今度、地下鉄の工事が始まるらしいですね、あのあたり。

ツトム――……。

サム――（照れたように）ゼロか……。何だかこわいな……。（と少し笑う）

ツトム――……。（おもむろに）サイトウって男がいた……。オレたちはいつも一緒だった……。いつかはわからない。でも二人とも死ぬことはわかっていた……。だから、朝、その日の夜のことだけを話すようにした。「今日の夜、オレの妹のことを話してあげよう。」そう口にする。それは約束だ。その日のための、その夜までの……。夜がくる。オレは妹のことを話す。オレたちは、そうやってその日生き延びたことを確認し合った……。

サム――……。

ツトム――サイトウは、次の日も妹の話を聞きたいと言った。その次の日も……オレには次第に話してあげることがなくなってきた……。そうすると、サイトウが聞いてくる……。「そのバトンで一等賞をとった時喜んだってのは、どんな風に。」「だから、右手はどこにあって、左手はどうなってるんだ？」「顔はおまえを見てるわけだろ？」オレは、質問に答えているうちに、また別の話を思い出す。そして話す……。サイトウは、笑う。「どうだ、一人の人間てものは無限だろ？」

サム――（合わせて少し笑う）……。

ツトム――何日目かの朝、夜営をしていたテントの脇にあった湖に体を洗いに行ったサイトウは、その頃はもう妹の名前もおぼえてしまっていてミチルと呼んでいたが、「ミチルの目の色は、こんな色じゃなかったか？」そう言って湖の中で泳ぎはじめた。朝陽が射しはじめ湖の色が変わる頃だった……。そう、その夜はミチルの初恋の話をすることになっていた……。いやオレがするんじゃない、サイトウが、知らないミチルの初恋の話をだサム――……。だが、その夜はこなかった……。
ツトム――亡くなったんですね……。

サム――水に濡れたサイトウの髪……。その髪に朝陽が光っていた……。残酷な風景だ……。

またバスの音が――。

ツトム――地下鉄？
サム――ああ、なんか近いうちに……。
ツトム――（顔をおおうようにして）待ってくれ……待ってくれ、ちょっと待ってくれ……！
サム――……。
ツトム――（気持ちを落ち着けるようにして）地下鉄か……。地下を走る電車……。それは……。……何て言えばいい？　便利……。喜べばいいんだな……。みんなの便利のために。

バスの方に近づいてゆくツトム。

サム――……。

5 家庭・客間

テレビがついていて、ニュースが流れている。

アナウンサーの声――「野党議員からの質問に、総理は――。」

総理の声――「わが国が最小限の被害に食い止めることが出来たのは、ひとえに、わが軍の誠実な、勇気ある国防の精神があったからで――。」

ヤジる声。

野党議員の声――「最小限の被害ってね、現実を見て下さいよ総理、現実を！ 今や、内戦状態に入ったと言ってもいいんじゃないですか？ わが国は！ 先の戦争を批判する声を、軍の力で抑え込もうとしてるじゃないですか！」

ヤジる声。

総理の声――「まず言っておきます！　われわれは国民の平和、これを第一に考えている。それを思わずに、あなたがたは――。」

アナウンサーの声――「質疑応答は平行線をたどり――。」

テレビを見ている男と女。

男は戦死したサイトウの弟（マコト）。

女は戦死したサイトウの妻（エバ）。

二人はテレビを見ながら、何やら私語を（テレビへの感想だろうか）ささやき合っている。

入ってきた男、ツトムの父である。

さっと立ち上がるマコト。

ゆっくりと立ち上がるエバ。

父――（二人に座っているように）あ、いやいや……。

マコト――ハァ。

ゆっくり座る二人。

テレビを消す父。

父――この時間は、だいたい釣りに行ってるもんで……。

マコト――すいません、急にお伺いして。

父――ミチル！　ミチル！

ミチル、出てくる。

ミチル――何？

父――いや。（お客様の）相手してるかと思ったんだよ……。（探しに来た工具を見つけて）あ、ここか。

ミチル――（二人を見る）……。

マコト――私どもは全然、ハイ、テレビもついていましたし。

父――（ミチルに）父さん、仕事してるんだからさ。母さんから連絡は？

ミチル――あったんでしょ、父さんに。

父――父さんにはあったけど。

ミチル――だったらそれが連絡よ。

父――（独り言のように小声で）その後またあったかと思ったんだよ。

ミチル――え？　何？

父――そのあと、またあったかと思ってさ！

ミチル――ないわ。

マコト――妹さん、でしたよね。

父――あ、ハイ。ツトムの妹です。

ミチル、エバを見ていたが、

ミチル――妊娠してます?

エバ――え?

ミチル――妊娠。

エバ――いえ、どうしてですか?

マコト――着てるもののせいじゃない?

エバ――ああ……。

マコト――ちょっと太目に見えるんですよ。

エバ――そうかな……。

父――(ミチルに)いきなり何を言ってるんだよ。

ミチル――もしそうだったら、楽に座れる椅子を用意してあげた方がいいって思っただけだわ。

マコト――(エバにミチルのことを)こないだお邪魔した時に、お会いしてるんですよ。

エバ――へえ……。

マコト――（ミチルに）あ、兄のその、嫁さんで、だから私にとっては、義理の姉ってことになるんです。

エバ――どうも。

ミチル――戦争未亡人……。

マコト――ま、そ、そういう呼ばれ方をしますね。

エバ――（ミチルのことを）かわいい……。

マコト――ハハハ……。

エバ――（マコトに）かわいいわ。

マコト――いえいえ、そういうアレじゃなくて。

ミチル――お兄ちゃんは？

父――だから、釣りに行ってるんじゃないかって言ってたんだよ。

マコト――特に約束をしてたわけでもなかったので……。

エバ――でも、電話はしてたんでしょ？

マコト――電話は、うん、それは。

ミチル――（父に）私、呼んでくる？

父――誰を？　ツトムを？

ミチル――うん。
父――わかるの？　どこにいるのか？
ミチル――たぶん。
マコト――いえいえ、大丈夫です。
ミチル――どういうこと？　大丈夫ですって。
マコト――私どもは今日は、これを渡そうと思って伺っただけですから。
エバ――私が……。

風呂敷包みが脇にある。

父――何ですか、それは。

顔を見合わせるマコトとエバ。

エバ――夫の軍服です。
ミチル――軍服？
マコト――兄の遺品と一緒に軍の方から送られてきたものです。

父――……。

マコト――これをツトムさんに受け取っていただきたいのです……そうだよね。

エバ――（うなずく）

ミチル――どうして兄さんに？

マコト――（エバを見る）

エバ――（ので）夫がそれを望んでいると思うからです……夫がそれを望んでいると思うからです！（涙ぐむ）

マコト――（先を私が）言っていい？

エバ――……。

マコト――義姉《あね》は、そういう意味での夫の理解者でありたいと言うのです。つまりその、夫が何を望んでいるのか、そのことをわかってあげて、その夫の思いをかなえてあげる。そういう存在、そういう妻でありたいと……。

ミチル――え？

エバ――私は夫の考えをホントウには理解してあげられなかったのです……何度お願いしたことでしょう、あの人に。「行かないで！　私のそばにいて下さい。」って……でも。

マコト――義姉は、兄を、自分の夫を、傷つけようとしました！　台所で、包丁をつかんで――。

エバ――マコトさん！

マコト――いや、でも……。（これだけは言っておかねばと）……障害者にしてしまえば！　義姉はそう思ったのです。障害者になれば戦争に行かせなくてすむ！　……でも、そのことがかえって溝を深くしました……兄は「おまえの考えてることは、犬にも劣る。」と。この義姉を罵り始めたのです。

父――でも……ツトムがそれを受け取っていいものか……。

マコト――あ、今の話はツトムさんにはすでに話してあって……だから今日はこうして義姉も一緒に……。

ミチル――見せてもらえます？　それ。（と軍服を指す）

エバ――（軍服をミチルに差し出す）

ミチル――（受け取って、においを感じた）

マコト――（ので）防臭剤だと思います。樟脳か何か……。しばらく保管してあったはずなので……。

ミチル――これ、血？

マコト――（うなずく）

父は、自分の工具をしきりに磨いている。

ミチル――ねえ、母さん、どんなだっけ？　お兄ちゃんの服をこう、たたむ時。

父――――！

ミチル――ねえ、父さん。

父――他人《ひと》様のものをおまえ、そんな……。

ミチル――他人様のものって、だってこれ、お兄ちゃんに受け取ってほしいっておっしゃってるのよ！

父――……。

ミチル――（あきれたように）ちょっと待ってよ。私の扱い方に何か問題ある？　まるで忌わしいものでも触るような？　そんな風だったりする？　しないでしょ!?

父――……。

ミチル――思い出そうとしてるだけよ、私は。母さんが、お兄ちゃんの服をたたむ時、どんなだったか……。思い出せれば、その時母さんが何を感じていたのかもわかるような気がするから……。（さも思い出したかのように）ふん、ふん……そっか……なるほどね……。

父――いいかげんにしないか！

ミチル――何を？

父――（何かブツブツ言うが）

ミチル――（わからず）え？

エバ――よかったら、教えてもらえる？

ミチル――何を？
エバ――お母さまがどんなことをお感じになったのか……息子さんの軍服をたたみながらよ……わかったんでしょ？
ミチル――……。（首を横に振って）うーん……。あまりかんばしい報告にはならないわ。
エバ――え？
ミチル――たたむ頃にはくやしさでいっぱいになってた……。
エバ――くやしさ……どんな？
ミチル――喜ぶことを禁じられたからよ。お兄ちゃんが帰還してきて、あんなに嬉しかったのに。当のお兄ちゃんから禁じられた！　喜ぶことを！　（いきなり）やめて！　それ、キーキー言わせるの！
父――……仕事も出来ないのか、私は。
ミチル――向こうでやればいいでしょ！
父――お客様の相手はどうするんだ！　私が向こうに行ったら！
ミチル――私がやるわ。やってるでしょ!?
父――（またブツブツと）昔はこんなじゃなかった……もっと思いやりのある子だった。
ミチル――ああ、昔！　昔！　昔！
父――御存知でしょ？　この土地の者じゃない若者どもが、アートだなんだと言って、石鹸の工場だった跡地にブランコって溜り場つくって、そこで――。
マコト――ええ、うちの方でもあそこはいちおうリストにあがっていて……。
ミチル――リスト？
マコト――ええ、監視リストです。
ミチル――……。
エバ――（ミチルが）御存知なかったんじゃないの？　あなたが警察官だということ……。
マコト――え？　そのブランコが？
父――あそこの連中と付き合いがあるみたいで……。
マコト――へぇ……。
ミチル――ハハー。警察官！
マコト――いやいや、昇任試験を控えているとはいえ、まだ巡査ですから。しかも署内でもちょっと変わった巡査だと言われていまして。ハハハ……。何がってその、署内で文芸同人誌をつくって、その副編集長のようなことをやっておりますもので……。
父――やっぱりそうでしょ？
マコト――いえいえ。副編集長てのは、別に編集長より下ってことじゃなくて――。え？　何がですか？
父――その、リストですよ。

マコト――あ、リスト。はい。
父――ロクな連中じゃないんだ。あいつら。
ミチル――……。
エバ――喜ぶことを禁じられた……。
マコト――ああ、こちらのお母様……。
エバ――正確に言えば、喜びを表現することをよね。だって、喜ぶことそれ自体を禁じることは出来ないでしょう？
ミチル――私、探してくる！
エバ――え、誰を？
ミチル――誰？　兄さんよ。兄さんに決まってるわ。

ミチル、出てゆく。

父――（少し笑った。）ああ見えても、まだ子供なんだ……。あ、特に誰かに向かって言ってるわけじゃないんですよ……。
マコト――ええ……。
エバ――何をなさってるんですか？

父——これ？　これは仕事の道具です。（また笑って）フフ……。戦争が終わってから部品がよくこわれるようになった……。

エバ——……。

父——（マコトに）あ、もしブランコの連中のことで、何か情報が欲しければ、わかる範囲で協力しますよ。あれ、ミチルに会わなかったか。そこで。

母が帰ってきたのだ。

母——ミチルに？　いえ。（マコトを見て）あ、サイトウさん……。（と挨拶）

マコト——今日、義姉を連れて……。

エバ——（頭を下げる）

母——お兄さまの。

エバ——ええ、妻です。

母、そこにある軍服を見た。

父——今、ミチルが探してくるって出ていったんだよ。

母――え？
マコト――あ、ツトムさんをです。
母――これは？
マコト――あ、兄の軍服です。戦友だったツトムさんにいただいてもらいたいということで……。
それで今日は義姉も一緒に……。
父――昼ごはんは何だ？
母――何ですって。
父――昼ごはんだよ。
母――……。
父――おなかがすいたんだよ。
母――お客様の前で、何ですかそれ。
マコト――あ、いや……。
母――（ちょっとイラだって）何ですか、それは！
父――（何かブツブツと）……。
母――（聞きとれず）え!?
父――お客様のことは特に考えなかったたって言ってるんだよ！
母――そんなこと聞きたいわけじゃありませんよ！

マコト――あ、そうだ。これ。（とおにぎりを出して）これ、よろしかったら、ちょっと形がくずれてますけど……。

父――（見ている）

マコト――（ので）あ、おにぎりです。食べようと思って持ってたんですけど……。

エバ――失礼じゃない？

マコト――そうかな。

エバ――だってここは、こちらのお宅よ。

母――ええ、さすがにそれは……。

マコト――そっか……。

エバ――こういう時こそ、その、ちゃんとしなきゃ！　私たちは今、社会に出ていて、その社会の中では、例えば親切が迷惑となってしまったり、その逆だったりすることがあるんだってことを、わかるとかさ！　インフラの整備と同じで、そういうこともまた復興の一端だと思うの。

軍服に目を奪われていた母。
父が出て行こうとすると、

母――あなた。

父――え？

母――ツトムがタカシマさんと会うって言ってくれましたよ。

父――……。

母――誰よりも苦しんできたのはあの子ですよ。本来の自分でありたい、そう思いつづけてきたのは……。あの頃のあの子に戻ってくれる！　その嬉しい思いでいっぱいになった！（むしろマコトとエバに向かって）あの子はねサイトウさん！　そりゃ心のきれいな、優しい子だったんですよ。親のことを思い、妹のことを可愛がって……。ちょっと転んでスリ傷でも出来ようものなら、ホラじっとしてろミチル、泣くんじゃないぞって……。妹の足に消毒液をぬって……。フフフ。私なんてその横顔を見ているだけで涙ぐんでしまって……。あ、そうそう！　私たちがね（と夫婦のこと）、ちょっとしたいさかいをして、私がね、この人に「二度とうちには戻りません！」と言って、ミチルの手を引いて家を出ていったことがあったんです。ツトムがまだ10かそれくらいの頃、この人もまだ若かった……。ミチルの手を引いて、私は夜道を、歌を歌いながら歩きました！　歌わないとこわかったんです。夜道が！　すると、あの子が、ツトムが追いかけてきて。私の手をつかんで、私の目を見てこう言うんです。「母さん、ホントにもう戻ってこないの？」って……。私は、あまりのことに、ツトムのことを抱きしめてあげることも出来ませんでした……。……どうしたんだろう私は。なぜこの子を置いて出てくるなんてことが出来たんだろうって……。なのにあの子は、ツトムは、私の手をこう、引っぱって、ゆすって……。「母さん！」「母さん！」って……。暗い夜道で、あの子の瞳が青く見えて……。その青い瞳が私にこう言っているのがわかるのです。「母さんしかいないんだよ、ボクには。」「母さんしかいないんだよ、ボクには。」……。(呆然としている)

マコト――え、タカシマさんていうのは？

母――え、ああ……。

父――ツトムのことを何かと励ましてくださった方で……。これから美術大学に行こうかって学生さんでした……。息子はまだ小学生でした……。

マコト――じゃあもう20年も前……。

父――タカシマさんに会って、あの頃のことを思い出せれば、息子の気持ちも変わってくるんじゃないかって。そんなことを話しまして……。

母――思い出すんです、あの子は。いろんなことを思い出すんです。だって、あのタカシマさんですから。語り合ったこと！　将来の夢を！　その充実の時間を取り戻すんです！

マコト――この土地にいらっしゃったんですか？

母――え、何がですか。

マコト――そのタカシマさんは……。

母――あ、そう。探し出しましたの、私たちは……タカシマさんを……ええっと……ん？　これは……。（とまた軍服を）

エバ――あ、それは夫の着ていた……。

母――あ、そうだった。サイトウさんの軍服だった……。え？　ミチルが呼びに行ったんですか？　ツトムを。

父――ああ……。

母――（二人に）ええ、あの二人は、とても仲のいい兄妹なんです！

家のセットがくずれていき、歩いていたミチル――。

6 その道

と、トシミツがいた。

ミチル――(見つけて)……どうしたの?
トシミツ――(遠ざかろうとした)
ミチル――トシミツくん……!
トシミツ――……。(止まって)
ミチル――ブランコには顔出してる?
トシミツ――そうでもないよ。
ミチル――(その言い方に)え?
トシミツ――そうでもない……。
ミチル――フフ……そうでもないんだ……。
トシミツ――あ、サムと別れたって?
ミチル――誰がそんなことを?

トシミツ――誰だか知んないけどさ、聞いたよ。

ミチル――……。

トシミツ――オレとこんなところで会ったって誰にも言わないでくれるかな。

トシミツ、去ろうとする。

ミチル――どうして？

トシミツ――ミチルと会ったなんて言うと、オレ、変に思われるだろ？

ミチル――ねえ、サムに会ったらコモリさんと連絡が取れたって、伝えてくれない？

トシミツ――自分で言やいいじゃないか。

ミチル――留守電には入れたんだけど、返事がないの。

トシミツ――え？　コモリと連絡が取れた？

ミチル――そう……。

トシミツ――どうしてるの？　コモリは。どこにいるの？

ミチル――……。

トシミツ――アライさんに伝えちゃダメなのか？　コモリと連絡取りたがってるのはアライさんだろ!?　アライさんに伝えちゃダメなのか!?　コモリと連絡が取れたって！

ミチル――ダメよ……。
トシミツ――え？
ミチル――アライさんは、ブランコの立ち退きを阻止するためだけに利用しようとしているだけだもの、コモリさんを。
トシミツ――そんなことはねえよ……。そんなことはねえだろ……。
ミチル――フフフ……。目が泳いでる……。コモリさんは、そのことがわかったから、アライさんの前から姿を消したのよ、ちがう？
トシミツ――そんなこと、オレにわかるわけねえじゃねえか。
ミチル――じゃあ、わからせてあげる。これ、聞いて。

ミチルは携帯の留守電を、トシミツの耳にあてて、

トシミツ――（聞いていて）コモリ……。（聞き終わって）……今夜10時って、行くのか、ここに。
ミチル――その前にサムと連絡が取りたいの。

ふと人の気配を感じたトシミツ、去る。と、チビが来た。

チビ――あれ？　あれ、あれ、あれ？　今の、トシミツ？

ミチル――……。

チビ――でしょ。

トシミツのあとをつけるチビ。それを見て、ミチルも去る。

風景は、室内の様相にかわっていき、そこは――。

7　アトリエ

絵を見ているツトム。

入ってきたタカシマ。互いに、見つめ合う間があって、

タカシマ――（感極まったように）ツトムくん……大きくなったァ……！

ツトム――（ゆっくり頭をさげる）

タカシマ――ええっと……座るか、まず！（指して）そこ！　椅子！（座ろうとするツトムに）ひいてあげたりはしないぞ、ハハハ。

ツトム――ああ……。（座る）

間

タカシマ――あの頃は、こんな立派なものは、なかった……フフ……いや、私が成功したってわけじゃない……。むしろ、挫折したって言っていい……。絵は、こうやって、趣味程度の

ものに変わってしまったからね……。ん？　そうだ、お茶を入れよう。何をしてるんだ
私は。お茶も出さないで……。

お茶を入れに引っ込むタカシマ。

ツトム――……。
タカシマの声――お母さんが病院を紹介しようとしたら、かたくなに拒否したらしいね……いや、その手のキズのことだよ。
ツトム――（自分のそのキズを見る）……。
タカシマの声――別に痛みはないんだろ？
ツトム――今は、何を？
タカシマの声――え？　今？　今何をして食べてるかって？　お母さんから聞いてない？
ツトム――いえ……。
タカシマの声――何て言えばいいかな……。不動産業？　いや、このアトリエも実は、売りに出てたのを自分で買いとったような具合で……（出てきて）ん？　痛みは？
ツトム――ああ……。
タカシマ――痛みがなきゃ、別にね……。あ、これ、砂糖はここに。これでつまむようになってるか

ら……。

ツトム――そんなこと言ってましたか、母は。

タカシマ――え？

ツトム――かたくなに拒否したって……。

タカシマ――ああ……そうそう……入れる？ 砂糖。（と入れてあげようとする）

ツトム――あ、自分でやりますから。

タカシマ――あ、いやいや、もうここまで来てるから。二つ？ 一つ？

ツトム――あ、一つで……。

タカシマ――ＯＫ……っと……。

ツトム――コーヒー、飲めるようになったんですね。

タカシマ――え？

ツトム――だって、あの頃は……。

タカシマ――あ、そう！ そうそう、なったんですよ。飲めるように……。あの頃はね、ちょっと毛嫌いしてるとこもあって……。「コーヒー!? 南米（ナンボ）のもんじゃ！」って。ハハハ……暑くない？ 涼しくすることも出来るけど……。

ツトム――いえ、大丈夫です。

タカシマ――コーヒーか……そうだったな……。

ツトム――……。

タカシマ――……。

ツトム――（少し笑って）かたくなに拒否したってことじゃないと思うんですけどね。

タカシマ――……私の受けた印象がそうだったたってことかな。お母さんの話から受けた印象が。

ツトム――「手術したからってどうなるもんでもない。」ってことは言いました。「見た目だけでもさ。」って。母はそういう言い方をしたと思います。

タカシマ――（うなずいて）ま、母親としての……アレだな……思いやりっていうか……その中には、怒りみたいな感情もあると思うよ。その、戦争ってものに対する怒りって言えばいいかな……。

ツトム――そうですか……。

タカシマ――そうですかって……そうだよ。

タカシマは、ツトムから離れようとしたのか、窓の方に移動して、

タカシマ――……だけど、嬉しいよ……会いに来てくれて……。

ツトム――タカシマさん。

タカシマ――ん？

ツトム――母は、オレがタカシマさんと会えば戦争に行く前の……あの頃のオレに戻ってくれるはずだ、とでも言いましたか？

タカシマ――……言いやしないけど、そう思ってらっしゃるんだってことは私にもわかったよ。だから私は、私で役に立てるのならって思ったし……それ以上に、あなたに会いたいと思った……あの、信頼と、希望と、喜びと、無償のもので充たされていた日々！　私自身もまたあの日々に帰れるような気がした！

ツトム――信頼と希望……。

タカシマ――だったよね。

ツトム――ええ……オレはどんなに救われたことか、タカシマさんに……キミはまちがってはいないんだ……オレはその言葉を信じることが出来た……。

タカシマ――学校にだって行きたくなきゃ行かなくていいって私は言ったけね……！

ツトム――ええ。でも不思議なことに、タカシマさんと会うようになってから、学校に行くことが、全く苦痛ではなくなったんです。

タカシマ――そう……。

ツトム――家に帰るとオレは、あなたと会って話したこと、その嬉しかった時間のことを父にも、母にも、話しました！　誰かに話さずにはいられなかったんです！　オレの前に広がった新しい世界！　想像の中の自分の未来！　話さずにはいられないのに、そのすべてが何か大がかりな秘密であるような気がした……フフフ……。

タカシマ――二人きりでありすぎたのかな、私たちは……。大学に行くためにこの町を離れてからも思い出すたびに、あなたとのあの時間は何だったんだろうって不思議な気持ちになった……。そう、ちょうど、夕暮れ時、家に帰る道を忘れてしまったような……。それでいて、もう帰らなくてもいいんだってどっかで安心したような、変な気持ちだ……。

ツトム――さっきの……怒りの感情ってのは、どういうアレなんですか？

タカシマ――怒りの感情……何だったかな……。

ツトム――母が、この手のキズのことで……。

タカシマ――ああ、それね……。どういうって……。……戦争さえなければって、そう思うのは、母親として当然のことじゃないのかな。

ツトム――……。

タカシマ――ん？　そういうこたえを期待してるんじゃない？

ツトム――いえ、いえ……。

タカシマ――あなただって、わからないわけじゃないだろ？　お母さんが――。お母さんの気持ちが。

ツトム――……。

タカシマ――心を開いてほしい、そう思うのは当然じゃないか！　もし、我が子の心の中に、あの理不尽な戦争に対する怒りの感情があるなら、それをわかってあげて、ここに帰ってくればいい、その思いで、我が子をここ（胸）に迎え入れようとするのは当然のことじゃないのか!?

ツトム――……。

タカシマ――（興奮してしまったことを）いや……こんなことを言うつもりじゃなかった……せっかく、こうやって会いに来てくれたのに……。

ツトム――タカシマさん……オレが戦争に行ったことを後悔していると思いますか？

タカシマ――え？

ツトム――戦争がオレの人生をめちゃくちゃにしたと……。

タカシマ――……。

ツトム――確かに、今おまえはしあわせかと聞かれれば「はい。」とはこたえないでしょう……え、しあわせとは思わない……。でも……どういうんだ……今の自分を「正しい。」と思うことがある……いや、今の自分の方がって言った方がいいか……。

タカシマ――……どういうことだろう……。

ツトム――もしかしたら、あの時のように、もう一度、あなたに、タカシマさんに「キミは間違ってはいない。」と言ってほしくてこうやって、会いに来たのかもしれない……。

タカシマ――「正しい。」ってのは？

ツトム――そうか。まだ「キミは間違っていない。」とは言えないわけですね。
タカシマ――フフ……そうね……。
ツトム――……この頃、歩いていると……歩いているだけで「尾けてる。」と思われるようです。前を歩いてる人に……。
タカシマ――尾けてる……。
ツトム――ええ……。
タカシマ――ん？　それが？「正しい。」ってのは？
ツトム――あ、そか……。「正しい。」って話でしたね。
タカシマ――ハハ……。
ツトム――要するに、こっちには意図がない、けれども、誰かがその意図を決めてくれる……。つまりオレが今、何をしようとしてるかってことを。
タカシマ――……。
ツトム――ああ、まだ「正しい。」って話にたどりつかないな……。いや、こんな話はやめましょう。考えるだけで頭が痛くなる……フフ……。
タカシマ――いろいろ相談出来るところがあったんじゃなかったかな。その、帰還した兵士のための相談所というか。
ツトム――（笑って）

タカシマ――（笑いに戸惑い）え？……え？

ツトム――ちょっと待って下さいよ！　頭が痛くなるって、そういう意味じゃありませんよ！　いやいや、だから……どうも生産的な話じゃないと思うからそう言っただけで――。

タカシマ――（こちらも即座に）あ、だから、頭が痛い云々から言ったんじゃなくてさ。その相談出来るところって話ね。……要するに、何だ、その、意図しないことを意図したようにとられるとか、そういう誤解から生まれるジレンマって言うか――。

ツトム――ジレンマなんかじゃありませんよ。勝手に決めてくれるから助かるって話をしてるんですよ！　でないとオレは――。あ、だからホラ、また戻っちゃったじゃないですか！

二人とも次なる言葉が見つからず……。

ツトムは、何となく、イーゼルの前に立った。

ツトム――……。

タカシマ――おぼえてる？

ツトム――え？

タカシマ――ここに未来が、キミの未来があるって言った……。

ツトム――ああ、いや、そういうつもりで見てたんじゃないんです……。

タカシマ――……。

ツトム――何かを思い出してたわけでもなくて。

と、イーゼルの前を離れた。

ツトム――ありがとうございます。

タカシマ――え？

ツトム――……。

タカシマ――え？　どういう意味？

ツトム――会って下さって……。

タカシマ――……ちょ、それ。……言ってるだろ、私の方こそ嬉しかったって、会いに来てくれて……。

ツトム――……皆が皆、オレのように暇じゃないってことは、わかっていますから。

帰ろうとしているツトム。

タカシマ――何か気にさわるようなことがあったのかな……私は、その、思い出話っていうのも、何か違うだろ、もっとただ普通に、今のこの時間の、何げない話を、そう思ったんだよ。

ツトム――ええ……。

タカシマ――ええって？　わかってるってこと？　わかってくれてるってこと？

ツトム――そうですね……。

タカシマ――そう……ですね……って……。私は……私は、あの頃、あんなエラそうなことを言いながら、今は、絵を描くこともやめて、こんな男になってしまってることに、キミが失望しやしないか、それが心配だった……失望するためなら、こうやって会うことには何の意味もないだろうって、そう思った。わかってくれてるかってのは、つまり、そのことさ！

ツトム――失望なんかするわけがありません。

タカシマ――……それは、私に何の期待もしてなかったからってことじゃないのか!?

ツトム――違います！

タカシマ――じゃあ、教えてくれ。私に会いに来る時、今日、ここに来るまで、どう思ってたか。私に会うということを、どう思っていたか!?

ツトム――……。

タカシマ――正しい？　そう言ったね。今の自分の方が正しいと思うって。それはあの頃に比べてって意味だろう？　じゃあ聞くが、何が間違っていたんだ、あの頃。あの、信頼と希望に充たされていた日々の何が!?

一人の女が、顔を出す。

カオルだ。

カオル——（場違いなところに顔を出してしまったようで）あ……。

タカシマ——え？

カオル——すいません、お客様でした？

タカシマ——無駄なセリフだ。言わなくていいことを言ってるぞ。

カオル——外階段から入れたもので。じゃあ、あとで——。

ツトム——いやいや、オレが——。もう失礼しようと思ってたところだったから……。

ツトムとカオルは、顔見知りであることをお互いに確認し合ったようだ。

ツトム——（タカシマに）失礼します。

タカシマ——また来てくれますか？

ツトム——ええ。

タカシマ――よろこんで？

ツトム――その時の気持ち次第で。

タカシマ――ハハハ、そっか……。

ツトム、出てゆく。

タカシマ――……。

カオル――あの人がどうしてここに？

タカシマ――え？ 知り合いか？

カオル――……。

タカシマは、焦ったように、母から預かっている資料（ツトムに関する）を出して、めくり、

タカシマ――コーヒー、コーヒー……飲んでる！ ホラ、昔っから好きだった！ そうだろ!?

カオル――え？

タカシマ――はじめっからわかっていたのか！ ……（歩きまわり）うーん……オレは何て言った？「あの頃は……。」とか言ったな……（首を振って）いや、そんな問題じゃない……（ふと、

カオルに気づいたようで）え？　知り合い？　知り合いだって言ったか？

カオル――知り合いってほどじゃありませんけど、あの男の妹ってのをちょっと知ってて……。

タカシマ――妹？（また資料をめくって）……。……ミチル……知ってる？　どこで？

カオル――……。

タカシマ――まさか、ブランコに？（資料を見て）……まだ学生じゃないか……。

カオル――何ですか、それ。

タカシマ――（閉じて）……で、お金は？

カオル――あ。（懐から札束を出す）これ。

タカシマ、受け取ったお金を数える。

タカシマ――盗難車の可能性があるから気をつけろよ。

カオル――気をつけるって？

タカシマ――私から買ったなんて言うんじゃないってことだよ。

カオル――……。

タカシマ――アライはまだ首をタテに振らんか。

カオル――……。

タカシマ――困った奴だな……。
カオル――立ち退きの期限を延ばしてもらえるかもしれないって話は？
タカシマ――だって、期限がどうのって話じゃないってのがアライの意見だろ？　オレの出る幕じゃないよ。
カオル――あの人はこすっからいからって、アライが言ってたわ。
タカシマ――あの人って、オレのこと？
カオル――もちろんよ。
タカシマ――そんなこと。何も言ってないに等しいよ。だって、こすっからい人間が、誰かに向かって、こすっからい！って言ってるだけじゃないか。
カオル――……。
タカシマ――だいたい、そんなこと言うんだったら、オレに助けを求めてきたりするんじゃないよ！オレはな、おまえらみたいに甘ったれた人間みると、イラついてしょうがねえんだよ!!
カオル――（資料を見ていて）タカシマケンイチ……誰のこと？
タカシマ――（とりあげて）さわってんじゃねえよ、人のもんを。

タカシマ、かったるそうに、椅子にふんぞりかえって、タカシマ――ん？　おまえの名前、何だっけ？

カオル――どうして？

タカシマ――どうして？　ふん、おまえでいいか……。タカシマケンイチってのは、オレのことだよ。

カオル――何ですかそれ。

タカシマ――オレは、絵描きだったんだよ。若い頃……。セザンヌばりの絵を描いてたよ。こんな器に果物のせて。来る日も来る日もリンゴをな……。毎日描いてりゃ意味もわかるだろうと思って描いてたが……最終的には、何なのこのリンゴって疑問しか残らなかった……おまえ、笑ってんじゃねえぞ。

カオル――笑ってませんよ。

タカシマ――笑うのはおまえじゃない。オレだ……。そのリンゴな……毎日見てると、笑えてくる……。こう置こうとして転がる、こっちに置こうとして転がるかと思えばじっとしている……。笑えてくる。何だか嬉しくなってくる……。こりゃどういうことだ？　ただリンゴがそこにあるってだけのことだぞ。……え？　どういうことだ？

カオル――……。

タカシマ――誰も正しいことは知らないってことじゃないのか!?　何も正しいことはないってことじゃないのか!?　気にいらねえな。

カオル――何がですか。

タカシマ――おまえのそのツラがだよ。脱げ。

カオル――え？

タカシマ――脱げっつってんだよ。

カオル――……。（タカシマを見て）

タカシマ――描くんだよ、おまえを。

カオル――どうしたんですか、オノさん。

タカシマ――ホラ、脱げよ。

タカシマ、カオルの衣服に触ると、カオルは逃げる。抵抗する。

カオル――やめてよ！

タカシマ――おまえ、誤解してるよ。オレのこと。オレは、アーティストなんだよ。だからさ、ものすごく考えてるよ。世の中のこと……そこで生きる人間のこと……。

カオル――……。

タカシマ――アライに言っとけ。今後一切オレは役に立たねえと思えってな。

カオル、出てゆく。

タカシマは、またツトムに関する資料をめくったりしているが、

タカシマ――……誰が言わせるんだ、後悔してないなどと！　戦争がめちゃくちゃにしたんじゃないのか！　あんたの生活を！　未来を！

音楽とともに、場所は変化してゆく。

若者たちがシルエットのように見えてくる。その様は、何か不穏なものを感じさせる。

8　空き地

見れば、一人の男が倒れている。
それは、コモリの死体だ。
アライ、ヤマベ、トシミツ、ドイ、チビ。
そしてサムとミチルもいる。

ヤマベ——……オレたちは踊っていたんだ……。（皆に確認するように）オレたちは、踊っていたんだよ！
ミチル——コモリさん……！　コモリさん……！
ドイ——（ミチルを）離れるんだよ、ホラ！
ヤマベ——サム！（ミチルを）どっかに連れて行け！
トシミツ——（誰にともなく）どうすんですか！　どうすんですか、このコモリは！
ヤマベ——だから言ってるだろ！　オレたちゃ踊っていただけなんだって！

アライが、混乱を鎮めるように、コモリの死体に近づいて、

アライ――……どうだろうな……まあ、踊っていたでもいいんだが、ここはトシミツ、おまえがやっちまったってことにした方がよくはないか？

トシミツ――え、どういうことですか？

アライ――嘘言ってもしょうがねえってことだよ……。実際、仕上げはおまえにやってもらったわけだし……。

トシミツ――え、だって……。

アライ――なあ、サム。そう思わねえか？

ミチル――やめて、お願い、やめて！

アライ――何をやめるんだよ。

ミチル――こんなこと！　こんなことをよ！

アライ――いやいや、やめるんじゃない。やってしまったことに対するまとめ方のことを言ってるんだよ。だってこのトシミツが、ここんとこをさ、蹴り続けたろ？　そんでコモリが動かなくなったわけだろ？　ヤマベ、そうじゃねえのか？

ヤマベ――そうすね……。

アライ――事実をひんまげるとさ、いろいろとほころびが出てくるぜ……。その踊ってたってこと

でもいいんだけどさ……。ここんとこにある重なった落ち葉みたいなアザは何だって話になった時にさ、踊ってただけじゃ説明つかないことになってくる……。

ミチル――あなたが蹴るように言ったのよ、コモリさんを！

アライ――オレが？　言わないよ。オレは何も。サム、何とか言ってくれよ。

サム――ああ、トシミツは、自分で蹴ったんだよ。

トシミツ――ちがうよ、オレは――。

サム――オレは何だ？

トシミツ――オレは……アライさんのためにやったんだよ。

アライ――オレのため？　どういうことだ？

トシミツ――……。

ミチル――あなたがそうしろと言ったはずだからよ！

アライ――言ったはず!?

トシミツ――そう！　だからオレは――。

アライ――ちょい待ち、ちょい待ち、ちょい待ち……。だから言ってるじゃないか。事実をひんまげると、よくないって……。何だよ、言ったはずって……。

トシミツ――ドイ！　おまえだって蹴っただろ!?

ドイ――オレはちょっとだよ。ほとんど見てたし。

トシミツ――蹴ったよ！　おまえも！
ドイ――だから何が言いたいんだよ！
トシミツ――オレたちは、だから、みんなのために――。
アライ――何だよ。アライさんのためって言ったり、みんなのためって言ったり。
トシミツ――コモリは、裏切ったんだよ！　オレたちのことを！　だからオレたちは――。
アライ――ホラ！　おまえは、ちゃんとそういう理屈をもってるじゃねえか。《コモリは裏切った。だから蹴った》その事実をひんまげることないよ。
トシミツ――どういうことだよ、アライさん。オレ、何言われてるかわかんねえよ！
サム――おまえは、おまえの意志でコモリを蹴ったってことだよ。
トシミツ――オレの意志で……。
サム――ああ、おまえ、意志のない男じゃないだろ？
トシミツ――……。

車が来て、停車した音。
その音の方から、カオルが来る。

アライ――どれ？　どの車？

カオル、車の方を指す。
アライ、そっちを見に行く。ヤマベ、ドイも見に行く。
カオル、コモリの死体を見て、

カオル——……。

チビ——トシミツが、かなり蹴り続けたんで……最後、動かなくなって……。

チビになぐりかかろうとするトシミツ。
それをとめるサム。

カオル——……もうちょっと役に立ってもらいたかったなあ……。うちら結局、全員よそ者だってことになってしまう……ねえ。

チビ——ハイ。

戻ってくるアライ、ヤマベ、ドイ。

アライ——言い値どおり？

カオル――うん。

アライ――（車は）どう？

カオル――いいけど、ちょっとブレーキが重い。

ヤマベ――こんなに早く、車が役に立つとは思いませんでしたね。

アライ――（コモリを）運ぼうぜ。

コモリの死体を運ぶドイ、ヤマベ、チビ。

ミチル――ちょっと待って。どこに運ぶっていうの？

アライ――おいトシミツ、おまえも来いよ。

トシミツ――え？

アライ――おまえはさ、もともと、ちょっと乱暴なとこがあんだよ……。まあ、ちょっとだけどな。

サムを残して去る。

車が発車する音。

ミチル、戻ってくる。

ミチル――……私は、三人で会いたかっただけよ……。そして、コモリさんに、逃げる根拠は何もないってことを、あなたの口から言ってほしかった……。

サム――根拠……。あったんだと思うぜ。

ミチル――どういう？

サム――あいつは、自分の善意におびえてたんだ……。よかれと思ってやったことが、逆の意味になって転がり始め、歯止めがきかなくなってゆくことにな……。

ミチル――わからない。あなたが何を言っているのか……。もっと私たちが楽しかった時間のことを話して。

サム――楽しかった時間……。

ミチル――もしコモリさんに逃げる根拠があったというなら、私たちが楽しかった時間のことから始めて！　だってそれが始まりのはずでしょう？

サム――ホントにそれが始まりなのか!?　オレたちの。

ミチル――そうよ。だって私にはその記憶しかない！

突如、工事の音が聞こえてくる。

ミチル――（その音に怯えたような）……！

サム——あれがブランコの下を通ることになる……。
ミチル——地下鉄？
サム——ああ……。

ミチル、その音の方に近づいて行く。

ミチル——……どうして、こんな時間に……。
サム——はかどるからさ、工事が。ああ、皆が眠ってる時間てことだ……フフフ……コモリは眠れなかったってことだな……。皆のために地下鉄は出来てゆくのに！

さらに工事の音が大きくなってゆく中で風景は変わり、ツトムが歩いてきたところ。
家庭だ。

9 家庭

父がいる。
食事をしながら、テレビを見ている。

父――（帰ったツトムに気づいて）ああ……。
ツトム――ただいま……。
父――うん……。
ツトム――母さんは？
父――裏の方にいるんじゃねえかな……。

ツトムは父の見ているテレビを見ている。

父――（ので）これ、面白いんだよ……。顔で人を判断するってクイズなんだけど……。ホラ、こうやっていかにも悪そうな顔してても、意外に人徳のある人だったりする……。

ツトム――ふーん……。

父――回答者も、そこらへん慣れてきてるもんだから、悪そうなのが、実はいい人だったなんて、ひっかけにのらないようになってる……。あ、ホラ、やっぱり悪い奴だ！　え、5人も……鬼畜だな……。あ、おまえの分も用意してあるんじゃねえかな。台所の方に。

ツトム――オレは、まだいいよ。お腹すいてないから。

父――そういえば、どうだった？

ツトム――何？

父――会ってきたんだろ、タカシマさん。

ツトム――ああ……うん……。

父――懐かしかったんじゃないのか？

ツトム――ああ、懐かしかったよ。

母が来る。（洗濯の途中っぽい）

母――ああ、おかえり。

ツトム――ただいま。

母――どうだった？

ツトム――懐かしかったよ。

母――そう！　それは、あんたの方でもってことでしょ？

ツトム――向こうの気持ちまではわかんないよ。

母――タカシマさんは、懐かしいに決まってるじゃない！　だってはじめっから会いたいっておっしゃってたんだもの！　え？　今日はどんな話を？（父に）ちょっと小さくして下さいよ。

父――ああ……。（テレビの音を小さくする）

母――え？　どんなお話を？

ツトム――どんなって言われても……。

母――そうね、そうよね。懐かしかったってことは、つまり、思い出せたってことよね。いろんなことが、それでいいのよ。それ以上のことを私が聞くことはないわ。（父のことを）好きなんだからホントに……。（ツトムに）人気番組なんですって。《顔があなたをダマしてる》

父――（ブツブツと何か言う）

母――（聞き取れず）え？

ツトム――面白いからって言ったんだよ。

母――堂々と言わないから。釈然としない気持ちだけが残るじゃない。

ツトム――（母に）何してるの？
母――私？　洗濯よ。

行こうとした母に、

ツトム――母さん。
母――何？
ツトム――タカシマさん――。
母――え？
ツトム――……。
母――何？
ツトム――（思い直して）いや、懐かしがってくれたよ……。
母――そう。

母、洗濯物を干しに行く。

ツトム――（父を振り返って）……。

父――（見られているとわかって）え？

ツトム――ボリューム、あげていいよ。

父――ん？　うん……。

ツトム、裏庭の方へ行く。

そこに、洗濯物を干している母。

ツトムは、軍服が洗って干してあるのを見た。

ツトム――……！

母――（見られているので）ああ……今日はいい天気だから。洗濯物が乾きそうでしょ？

ツトム――何？　それ。

母――え？

ツトム――その軍服だよ！

母――え？　ああ、サイトウさんが持ってきて下さったの。あんたに持っていてほしいからって……。聞いてるでしょ？

ツトム――（血の気がひく思いで）……なに洗ってんだよ……。

母――え？

ツトム――なに洗ってんだって聞いてるんだよ！
母――（驚いたように）……なに怒ってるの？
ツトム――怒ってる？
母――（終わらせようとするかのように）……びっくりするじゃないの……。（と洗濯物にかかわって）
ツトム――……ちがうよ。そんなことじゃない。問題は、なぜ洗ってしまったり出来るんだってことだ……。
母――え？
ツトム――サイトウの軍服なんだよ!!

ツトムは、思わず、母の肩を押してしまう。
母は、よろけて倒れた。

母――なにをするの!?
ツトム――勝手なことするなっつってんだよ！
母――洗ったんじゃないの！　汚れてたから洗ったんじゃないの！
ツトム――汚れてたから洗った！　やめてくれ！　そんな理屈は！
母――ツトム……。

ツトム――ないよ、そんな理屈は……そんな理屈はない!!

後方に、父が出てきている。

父――何だ……。

母――あなた……。

父――それは、あれか……タカシマさんのことで何か……。

しかし、ツトムも母も反応しない。

父――テレビを消してくる。

母――（ツトムに）言って、何がいけなかったのか。

父――え？　何か言ったか？

母――言ってちょうだい！

父――何をだよ！

母――あなたじゃありません！

父――……。

母――あなたじゃない……。あなたじゃない……。

ツトムは、干してあるサイトウの軍服を手にとって――。

ツトム――……おかしいだろ。こんなところで……こんなもの（他の洗濯物）の中に！　バカにするのもいいかげんにしろ!!

父――ツトム……！

ツトム――気が狂ってるぞ、あんたら！　軌道からはずれてる！　オレには理解出来ないんだよ！　あれ（テレビの方を指して）も！　これ（洗濯物の方を指して）も！　え？　顔があんたをダマしてる？　なんか意味があるのか、それに！　ダマしゃしないよ。だって、いいも悪いもないからな！　そのまんま、全部、そのまんまだよ！　人も空も一日も！　なんでそんなわかりにくい路地に入っていこうとするんだ!?

父――……タカシマさんのことか。タカシマさんのことで何かあったのか!?

ツトム――タカシマさん？

父――だからだろ。だから、そんな言い方をするんだろ？

ツトム――（もう一度）タカシマさん？　それもわからない。オレは会った。懐かしかったって言ってるだろ!?

母――ワーッ！（顔を覆って泣く）

父――おまえが、ちゃんと、仕事について、そして、おまえの人生を新しく始めてくれる！それが、そのことを、私も母さんも、願っている。それだけなんだ！

ツトム――……ああ、懐かしかったんだよ……。……なにせ20年はたってるからな……お互いの記憶は……重なり合ったってとこかな……。……時にズレながら。ハハハ、そりゃそうだよ。まるっきり重なり合うってわけにはいかないさ……。だから時々、修正をはかるわけさ。「楽しかったね。」そんな言葉で。「ああ、楽しかった。」そうこたえる。すると、お互いの目の中に、もうそんな言葉では尽くせないものが広がっていくのを、お互いが見る……。

ツトムは軍服を胸に抱いている。

ツトム――楽しかった?……フフフ……お互いにわかっているのさ。その言葉は正しくはないってことを……。だから許し合う……。「いいよ、言い合おうじゃないか。楽しかったねって。だって、それ以外にないだろ。言葉が。」

父が引っ込む。

母は、ゆっくり、立ち上がる。

母――フフフ……。（笑いながら、衣服についた泥を払っている）……このお着物がまた、泥がつきやすい……。

ツトム――……悪かったよ……。

母――どれ。（と手をのばす）

ツトム――え？

母――それ。（と軍服を）

ツトムの手から軍服をとりあげた母。
それを干したもののかわりに、カゴの中に入れた。

母――（また少し笑って）フフ……嫁に来る前に、父親に言われた言葉を思い出したよ……。「おまえは器量よしだと思ってるかもしれんが、そんなものは何の役にも立たん……炊事と洗濯、これだけをしっかりやっておけ、それが嫁のつとめだ。」って……何もそんなことって思ったよ。若かった私はね……。

母は、倒れた時についた手にかすかな血がにじんでいるのを見た。そして、ツトムも。

母——（その血を見て）ああ、血が出てしまったね。何かにひっかかったのかね……。

ツトム——……。

母——遊んでおいでよ。こんないい天気だ。家にいたんじゃもったいない……。

母は、カゴを持って家の中に行こうとして、

母——あ、そうだ。あんた覚えてる？　あんたが8つかそこいらの頃だよ……。私があの人に腹を立てて「二度とこんな家、戻りません！」って言って家を出た。ミチルの手をひいて。暗ーい山道を歩いた。私は歌を歌ったよ。大きな声で！　歌いながらこの山道をこえよう！　そう思ってたんだね。ミチルが泣くんだよ。こわかったんだろう。私の歌う声が、こんな風に歌ってたからね……。（と少し歌って）フフフ……。その時、おまえが、こんなちっちゃかったおまえが、追いかけてきた！　私は驚いて振り返ったよ。おまえは私の手をつかんで、こう言ったんだよ。「母さん、ホントにもう戻ってこないの？」って……。私の目を見あげるようにしてさ……。

ツトム——……。

母——覚えてるかい？

ツトム——……。

母——何だよ。何を黙ってるのさ。変な子だね。

母、家の中に入ってゆく。

ツトム——……。

暗転——。

10 ブランコ

ジュンコがピアノを弾いている。
見れば、片隅に、ミチルの姿。

ジュンコ——（弾きながら）……でも、よく来てくれたね……。
ミチル——うん……。
ジュンコ——もうミチルはブランコには来ないと思ってたよ。
ミチル——ジュンコさん。
ジュンコ——え？
ミチル——……。
ジュンコ——何よ。
ミチル——若いころはさあ……輝いてたよね。いろんなものが……。朝、目がさめると、もうここらへんで、小鳥がチュンチュン言ってるようなさ、フフフ……。
ジュンコ——ハハハ……。

ミチル――おまえ小鳥、何がそんなに嬉しいんだって聞くの。だけど、それ以上に嬉しいのがこの私だったりしてさ……。要するに理由もわからないのよ。私がなんで嬉しいのか、その理由も……。

ジュンコ――何を言ってるのよ。

ミチル――え、何？（聞きとれないという感じで）

ジュンコ――今だって全然若いくせに。

ミチル――（聞きとれた、という感じで）ああ……。

ピアノに合わせて、ミチル、踊る。

ミチル――（踊りながら）原因が、自分の中にあるのか、自分以外のところにあるのかわからない……。だから、そう……朝、小鳥が鳴かないのは、自分のせいじゃないかって思う私がいるわ……。

ジュンコ――（弾いてる曲に合わせて、歌う）

と、ミチルも、その歌を歌う。
日常的な、二人とも鼻歌のような……歌。

ここに入ってきたのはタカシマ。

ジュンコ——（気づいてピアノやめ）ああ……。

ミチル——（も気づいた）……。

タカシマ——……もうちょっと、そこ（入口の外）で聞いてりゃよかったかな……ハハ……。

ジュンコ——あ、ミチル（と紹介）

タカシマ——（ミチルに握手を求めて）タカシマケンイチ……です。お兄さんには先日来お会いしていて……。

ミチル——ええ。

ジュンコ——だいたいのことは説明しておきましたから。

タカシマ——あ、そう……。

ジュンコ——じゃあ、私は——。

タカシマ——え、もう？

ジュンコ——大丈夫でしょう？

タカシマ——大丈夫だけど……。

ジュンコ、出てゆく。

タカシマ――いや、彼女とは――。
ミチル――ええ、聞いてます。
タカシマ――え、それも?
ミチル――それもっていうのは……。
タカシマ――いやいや……。
ミチル――私が聞いているのは、ジュンコさんが、(タカシマを指して) 紹介して下さったということだけで……。兄のために。
タカシマ――彼女っていうより、コモリくんだったんだけどね……。直接には。
ミチル――ハイ……。
タカシマ――私も、この年齢《とし》になって、こんな大役を仰せつかるとは思ってもいなかったもので……。でも、何ていうか……充実してます……。
ミチル――あのう……兄は……。
タカシマ――初めてお会いした時から、気づいてらっしゃった……と思います。つまりその、私がニセ物だということを……。20年ぶりったって、やっぱりそこはね……。あ、何か飲みましょうか。

タカシマ、カウンターの中に入って、飲み物を調達。

タカシマ――まだ学生さんなんですよね。
ミチル――ハイ。でもあんまり学校には……。
タカシマ――ハハハ、そかそか……。
ミチル――母は、喜んでいます。タカシマさんのことでは……。
タカシマ――(照れたような)……。
ミチル――兄がタカシマさんとお会いして、懐かしいと言うからです。そう言うってことは、兄が以前の自分に……自分を……思い出してくれる、そう思うからです……母が。
タカシマ――ええ……まさにそれが私の役目ではあるわけですが……。あ、これ、どうぞ。
ミチル――ああ……。
タカシマ――どう思われますか？　お兄さんは、ツトムさんは、気づいていながら、なぜ私をタカシマケンイチなる人物として、接して下さるのか……。
ミチル――それは……。(わからない)
タカシマ――どうも、時々、ためされてるような気がしてきて……。この先に、とんでもない落とし穴が用意されてるんじゃないかと思えてきたりして……。
ミチル――そんなことはないと思います。
タカシマ――どうしてですか？
ミチル――兄がそんなことをするとは思えません……。

タカシマ――ああ……。
ミチル――だから、会って下さい。これからも兄に……。それが兄のためでもあり、母のためでもあります……。つまり私たち家族のため……。
タカシマ――お聞きになってはいなかったんですか、コモリくんに、私のこと。
ミチル――いえ、ちゃんとは……。

タカシマ、《ブランコ》の内部を見まわすようにして、

タカシマ――妙な因縁です……。私はここの立ち退きのことで動かざるをえなくなって、コモリくんとも知り合った……。コモリくんから、相談を受けて……。その、ツトムさんのことで……。でやっと今、相談元のあなたのところにたどりついたというわけです。

ミチル、むしろ憂いに沈んで……。

タカシマ――(それに) え?
ミチル――いよいよこのブランコは、なくなってしまうんでしょうか。
タカシマ――……。

ミチル――タカシマさんの一存で何とでもなるんですか？

タカシマ――まさか、私はただの仲介業者ですからね。ですが……情勢はキビしいと言わざるをえませんね……。正直、私もこういう立場には立ちたくない……。

ミチル――タカシマさん。

タカシマ――あ、オノと呼ばれているはずです。ここで私は。

ミチル――そう呼んだ方がいいですか？

タカシマ――ハハ……。ハハハ……。

ミチル――コモリさんは、よそ者だと言って、ここブランコに集う若者たちを排除しようとする地元の人たちの考えに異を唱えていました……。もし行政の都合でここを立ち退かなければならないのなら、他の場所を確保すべきだとも言っていたんです。

タカシマ――ええ。それは私も聞いています。

ミチル――私にはわからないんです。なぜ、誰かが誰かを排除しようとするのか！

タカシマ――ええ……。

ミチル――嫌いだから？　でも、嫌いというほど、知り合ってはいないでしょう？　その人とその人は！　いつの間にか、私は、このブランコに来づらくなっていて、みんなが私を避けるようになっている！　その理由もわからない！　ないのよ、理由は！　ね、タカシマさん、ないんでしょう!?

タカシマ――どうもその、私は、無駄に年を重ねてきた……。今、その思いを強くしている……。あなたを前にして……ええ……つまりその、あなたの疑問にこたえるべき言葉をもたないんだ……。そう、排除するんだ、人は……。

ミチル――もし嫌いだから排除する、しかも嫌いだと言えるほど知り合っていないでそうなるのなら、何か嫌いだと思いこむ理由があるはずなのよ。そう思った方がいいという根拠が！

タカシマ――（うなずいて）うん……。

ミチル――（うなずかれたことに）フフ……。ええっと……何でしたっけ……。あ、オノさん。

タカシマ――あ、私の名前ね。そう、オノです……。いや、タカシマで、ええ、タカシマと呼んで下さい。今、その思いを強くしている……。私はタカシマケンイチであるべき人間だということです、ええ！

ミチル――……。

タカシマ――わかってもらえるかな……。私が誰で、この社会の中でどんな役目を担っているのか。それをはっきりさせるためには、私はタカシマケンイチであった方がいいということです。なにしろ私は、オノという人間がわからない。つまり私自身のことが。ハハハ……。

ミチル――自分のことが嫌いだってことですか？

タカシマ――え？　いや、嫌いっていうか……。

ミチル――自分自身と知り合いになりたくないってことなんじゃないんですか、それは。

タカシマ――あ、また無駄に年を重ねてきたような気が、ハハハ。
ミチル――だって、自分自身を排除したいってことをおっしゃってるんでしょう？
タカシマ――いや排除ってんじゃない。私は役に立つ人間でありたいってことなんです。この社会の中で。
ミチル――オノという人間では役に立てない、そういうことですか？
タカシマ――そう……そうですね……。ああ、何てことだ……。若い娘さんに、こんなに問いつめられて……。
ミチル――……。
タカシマ――何らかの働きかけは出来ると思います……。つまり、この場所を、ブランコを何とか存続させることは出来ないかという働きかけは……。え？　そういうお話ですよね？
ミチル――（不意をつかれたように）え？

というのは、ミチルは今、入口に立っていたアライを見ていたのだ。

タカシマ――（も気づいて）あ……。
アライ――オノさん……御無沙汰してます。
タカシマ――……。
アライ――っていうかミチル。おまえ、すっかり見限ったかと思ってたのに。オレたちのことをさ……。コモリとは連絡とれない、オノさんにも見離される……。動きがとれねえよって思ってたところに……。

タカシマ――コモリくんとは連絡とれないのか？　まだ。

アライ――だろ？　ミチル。

ミチル――……。

アライ――（タカシマに）いやホラ、ミチルとコモリは、何ちゅうか、仲良かったし……。

タカシマ――アライ、おまえが妙な動きをするから、オレの立場も微妙になっていくんだよ。そりゃわかるだろ？

アライ――妙な動きって……。

タカシマ――妙な動きだよ……。こないだのランドローバーだって、オレは売りたくはなかったんだ。

アライ――オノさん！

タカシマ――ちょっと待て！　そのオノさんてのな……。

アライ――何スか。

タカシマ――いや、いい。

アライ――おいおい、ミチル。どこ行くんだ？

ミチル――ジュンコさんに話があるのよ。

アライ――ジュンコさん？　いるの？

ミチル――……。

ミチル、引っこむ。

アライ――女が返事しねえ時って、なんかお寺に連れこまれたような気になるな……ハハ……。
タカシマ――……。
アライ――え？　どういうことなんスか。
タカシマ――え？
アライ――ミチルと。
タカシマ――何だ、気になるのか？
アライ――フフ……。ならいでかって感じですよ。
タカシマ――オレはな、おまえのその目の中にある〝おびえ〟ってものが気になってしょうがねえんだよ。
アライ――おびえ!?　何スかそれ。
タカシマ――何スかそれ？　そりゃこっちのセリフだろ。オレはな、あのオンボロランドローバーが、用も無さそうに街角に止められてんじゃないかと不安になって、歩きながらキョロキョロ見まわしたりしてんだよ。

アライ――え？　え？

タカシマ――オレが売った車が妙なことに使われてやしねえかと思ってだよ！

アライ――また妙なって……。

タカシマ――ああ、妙なんだよ。おまえらのやることなすこと！

アライ――妙なんですか？

タカシマ――立ち退きはイヤだと言いながら、立ち退いてくれと言われるようなことばっかりやってるじゃないか。

アライ――……。

タカシマ――何だ、何を急に黙ってる？

アライ――いや、考えてるんですよ。

タカシマ――何を？

アライ――ホントにそうなのかなって……。

タカシマ――あ？

アライ――その前にオノさん、あなただって、同じことやってるってことは言えませんか？　車を売っていながら、それを使わないでくれと言ってるわけでしょ？

タカシマ――使わないでくれなんて言ってない！

アライ――そうなんですか？

タカシマ――使い方のことを言ってる！　オレは使い方のことを言ってる！　そうだろ!?

アライ――(笑って) どうもさっきから、それこそ妙ですよ。〝おびえ〟そりゃオノさん、あなたの目の中にあるもののことじゃないんですか？

タカシマ――何!?

アライ――あなたにはきっと、多大なる罪の意識がある……。ひどく漠然とした……。例えて言えば、どっか山あいの旅館で目覚め、ああいい天気だと背のびのひとつもしたその瞬間に、ふと襲うこんな思い「……ちがう！　オレはゆうべ、とんでもない犯罪を犯した……。だからここにいるんだ……！」……それはあなたを落ちつかせまいとする。どんな犯罪だったか思い出そうとしても、あなたは思い出せないからです……。

タカシマ――何だそりゃ。

アライ――ああいい天気だと背のびする時間は永遠に訪れないという警告……フフフ……。

タカシマ――そんなこと言ってるから、ここから出て行けって言われるんだって話をしてるんだ！

アライ――ハハハ。

タカシマ――犯罪？　オレがどんな犯罪を犯したって言うんだ？

アライ――だから言ってるでしょ。漠然としてるんだって。贖罪の手がかりもないんですよ、漠然としてるから。ただこの構造だけは、はっきりしてませんか。あなたは加害者、われわれは被害者。

タカシマ――加害者!?　バカなこと言ってんじゃないぞ！　おまえらは、その被害者だってことを言いたいばっかりに、このわれわれの町に来ている。それがおまえの言う構造ってもんじゃないのか!?　あの金網をつくってんのは、おまえら自身なんだよ！

カオルが入ってきた。

アライ――……。
タカシマ――……。
アライ――何だ？
カオル――（タカシマを気にして）うん……。
アライ――いいよ、言えよ。
カオル――トシミツがしょっぴかれたわ……。
アライ――トシミツが？　どういうことだ？
カオル――コモリの死体が見つかったのよ……。
タカシマ――何？
アライ――どこで？
カオル――川べりでって聞いただけだけど……。

アライ――え？　トシミツの奴が!?

タカシマ――どこだ、川べりって。

カオル――バス停の近くだって聞いたわ。

タカシマ――バス停？　どこの!?

アライ――トシミツの奴がやっちまったってことか、コモリを！

カオル――コモリが嘘の情報を流してたって言うのよ。それでトシミツが。そういうことらしいわ。

タカシマ――おまえらは！

タカシマ、出てゆく。

カオル――(タカシマがいたことに)おどろいた……。

アライ――……。

カオル――何を話してたの？

アライ――ん？　うん……。

ミチルが出てきている。

二人、ミチルを見る。

ミチル――嘘の情報って？　……面白いわ、嘘が連なってるだけ……。その嘘の中に、ホントのことがひとつ、コモリさんが殺されたってことよ……。ホントと嘘がどうつながるっていうの？

カオル――あんた、もう、私らのこと見限ったと思ってたのに……。

ミチル――見限る？　そんなことはしないわ。だって、ここは、私の青春だもの……。

カオル――フフ……。

ミチル――戦争が終わった……。だから私たちには平和が訪れるはずよ。そうでしょう？（出て行こうとする）

カオル――どこへ行くの？

ミチル――だから……平和な方へ？　フフフ……。

ミチル、出てゆく。

カオル――ハ……どうしたっていうのよ……。（とアライの傍に寄ると）

アライ――ちょっと離れてろよ。

カオル――……。

11 路地

エバが立っている。
やってきたマコト。

エバ――マコトさん……！
マコト――あ、義姉さん……。
エバ――待ってたのよ、ここで。
マコト――……。
エバ――どうしたの？
マコト――尾けられてる。
エバ――誰に？
マコト――わからない……。え？　義姉さん、どうして……？
エバ――不安だったの……。今朝、あなたが出かけてゆく時。
マコト――何が？

エバ――仕事だって言ってたけど、何だかそうじゃないような気がしたのよ。
マコト――……。
エバ――今日だけじゃないわ。今日だけじゃないの。
マコト――え？
エバ――マコトさん！　仕事？　ホントに。
マコト――仕事ですよ……。今、そこの川べりで死体が見つかった……。若い男の死体です……。ここらに、何度もけられたようなあとがあった……。その現場検証に行ってたんです。
エバ――……。
マコト――ブランコって若者の溜まり場にいた者がしょっぴかれた。
エバ――ふるえてる？
マコト――え、ああ……。だって、こわいよ。人が死んでるんだ……。川にうつぶせになって……水が流れてるから、そのせいで時々動いてるように感じる……。手が、濡れた髪をさわろうとしているように見えるんだ……。
エバ――（離れた場所を見て）誰？
マコト――（そっちを見る）

サムが立っている。

サム――あなたのことですか、サイトウさんというのは。

顔を見合わせるマコトとエバ。

サム――いえ、戦場で亡くなられたというあなたのお兄さんの話をボクは聞いたんです。
マコト――誰に？
サム――恋人のお兄さんにです。
エバ――恋人って……ミチルさん？
サム――ええ……。
マコト――なぜ、私を尾けてたんです？
サム――聞きたかったんです。お兄さんの話を。
マコト――私に？
サム――ええ。
マコト――私に!?　私が知るわけないじゃありませんか。私は知りたかったから、聞いたんだ。
そのミチルさんのお兄さんに！
サム――ええ。その話をボクに聞かせてほしいんです。
マコト――おかしいよ、あんた。だったら私じゃなくて、そのお兄さんに聞くべきだ。ミチルさんのお兄さんに！
サム――ええ。だからそれはもう聞いたって言ってるでしょう。
マコト――それ以上のことを私が知るわけない！
エバ――行きましょ！

行こうとする二人に、

サム――真実が何かをボクは知りたいんです。
エバ――真実？
サム――あ……つまり、ボクが聞いた話はホントウのことなのかってことをです。
マコト――だったら、まず、あなたが聞いた話を私どもが聞かないと。確かめようがないって話にはなりませんか？
サム――あ、そう……。この三人で確かめるためには……そうですね……。
マコト――だけど、そんな必要はないでしょう。私どもは、もう充分に兄の話を聞いたし、それを疑うこともない。
サム――つまり、聞いた話は真実だと？
マコト――真実？　何を言ってるんだあなたは。私どもはもう充分に悲しんだんだ。これ以上、悲しみをむし返さないでくれ。

サム――……。（エバを見る）

エバ――（ので）夫は……私の名前を呼んだそうです……死に絶える時。戦友であるツトムさんの手をつかんで、私の名前を呼んだそうです……。愛していたと伝えてくれと言って……！

サム――……。

マコト――兄は気にかけていたんです。ずっと……故郷で家を守るこの義姉のことを……。これ以上、何をむし返そうって言うんだ、あなたは！

サム――……ゼロだって言った……。

マコト――え？

サム――人の憶測どおりに動いた方が……いや憶測どおりの人間になってゆくことが社会に参加することだって言った……。ゼロ……。憶測が自分を決めてくれるってことだろう。

マコト――何を言ってるんだ？

サム――名前を呼んだ？　死に際に妻の名を？　そんなありきたりな憶測があの人を操っていたとしたら、どうなんだ！　そして、オレに向かってはミチルのこと！　その思い出！　無限のミチル！　湖のミチル！　ハハハ。何も！　どこにも、真実などない！

通りかかったヤマベ、ドイ、チビ。
三人は、マコトに見おぼえがあるようで。

サム――(三人を見て)……。
ヤマベ――(この状況は)どういうことだよ。
サム――何が?
ヤマベ――何をしてるんだ、こんなところで。
サム――……。
マコト――キミたちは……事情聴取を受けていた……。あの亡くなっていた彼の……。
ヤマベ――ああ、仲間だったんだよ。
エバ――マコトさん……。(かかわらない方が)
マコト――教えてくれ、どうしてあんなことになったんだ?
エバ――マコトさん!
ドイ――マコトさん!(と笑う)
チビ――(も笑う)
ヤマベ――いいよな、女の叫び声ってのは。
ドイ――まだ叫んでるって感じでもないんじゃないスか?

ヤマベ――そっか……。オレ、幻聴を聴いてしまった？
チビ――いや、オレには、叫んでるように聞こえました。
ヤマベ――「もっと背丈が欲しい！」って？
チビ――え？　あいや、それはオレの叫び。
ヤマベ――おんなじ、おんなじ！　おまえが叫ぶから誰かも叫ぶんだよ。
チビ――ハハハ、絶好調！
ドイ――（チビに）意味わかんねえから！

三人、笑う。
エバ、マコトの手を引いて、去ろうとする。

ヤマベ――え？　え？　え？　置き去り？　オレたち。
サム――ほっとけよ。
ヤマベ――どっちに言ってんの？　オレたち？　それとも、この淫靡《いんび》な二人に？
サム――愚鈍なおまえらだよ。
三人――ぐどん!!
マコト――……私は、警察官として聞いてるんじゃない……。一人の人間として聞いているんだ……。

ドイ――どうちがうの？　愚鈍なりに聞くけど。

ヤマベ――認めてるよ。

ドイ――ちょっとのっかってみたんス。

マコト――戦いでは何も解決しない。私はそのことを知った。兄が戦場で空しく死んでいったという事実をつきつけられたからだ。矛盾ではあるまいか、私はそう思った！　私が警察官であることが！　人は戦う、争う、それを前提にしたこの職業というものが！　私がその職にあるということが！

エバ――争ってはいないわ、私たちは。そうでしょう？

マコト――もちろんそうさ。今の私たちはね。

サム――いや、争ってるな。着々とその準備をしてると言った方がいいか。

エバ――どうして？　え？　準備？

サム――もっとも矛盾は矛盾で変わらないだろうな……。警察官であるあなたが、一人の人間としてのあなたを取り締まらなきゃならなくなるだろうから。

マコト――（何か言おうとする）

エバ――（のをとどめて）どういうことかしら!?

サム――（三人を示して）こういうのがいるからですよ。あなたたちはお兄さんを排除すべきではなかった。お兄さんが、いや、御主人が、防波堤になってくれたはずなのに！
エバ――排除!? そんなことはしていないわ！
サム――ええ。
エバ――排除！ 防波堤！
マコト――義姉さん。（と止めようとする）
エバ――わからないのよ！ 私は何を言われているのか！
サム――（三人に）なあ、オレたちは、コモリを排除したから、次なる争いの準備をしたってことになるんじゃないのか？ そうだよな。
ヤマベ――何言ってんだよ。あれは、トシミツが勝手にやったことじゃないか。（あとの二人に）な！
ドイ――ああ、だから、トシミツがしょっぴかれたんだ。
マコト――コモリを排除した？
チビ――蹴ったんだよ、トシミツが。こんなやって！ こんなやって！

サム、急に何かを考えたようになって。

エバ――（それを）え？ 何？
サム――（少し笑って）……おかしいな。こんな時に急に……。

ヤマベ――何だよ。
サム――いや、カエルの話を思い出した……。なぜ、あの時、あんな話をしたのか……。逃げたカエルは見つかったんだっけな……。
エバ――え？
サム――手のひらに乗せてた……。
マコト――どういうことなんだ、コモリを排除したってのは？
サム――え？
ヤマベ――（マコトを押し戻しつつ）何でもねえよ……。
ドイ――って言うか、あんた警察官になってるよ、一人の人間になろうぜ。愚鈍なオレの意見だけどさ。

ここに、道のちょっと離れたところを、タカシマが通りかかる。

タカシマ――（皆を見て）……。
ヤマベ――（タカシマを見て）行こうぜ。

三人、去る。

タカシマ――（サムに近づいて）今の、ブランコの連中だったか？
サム――ええ……。
マコト――（三人の方を見て）何でもねえだぁ？（追おうとする）
エバ――（ので）マコトさん！
マコト――（サムに）あんたには、あとで話を聞く！
エバ――なぜ走るの？
マコト――追うんだ！
エバ――一人の人間として!?
マコト――（考えて）いや、たぶん……。
エバ――いやよ、警察官としてだなんて。
マコト――ならば、嘘になるかもしれないが、ボクは言おう。一人の人間としてだよ！

マコト、追う。
エバ、マコトを追う。

タカシマ――（去った二人を見ながら）まただ！　わからないことが多すぎる！

工事の音が聞こえてくる。

タカシマ――あれは希望の音か？　破壊の音か？
サム――……。
タカシマ――希望の音さ……。そうだろ？
サム――……。
タカシマ――何だ、何を悲しい顔をしている？
サム――身におぼえのないようなこと言わないで下さいよ。
タカシマ――悲しい顔なんかしてないって言うのか？
サム――してないでしょう？（少し笑った）
タカシマ――笑ってみせたって、悲しい時は悲しいのさ。
サム――悲しい、それはどういう感情ですか？
タカシマ――説明するまでもないだろう。
サム――そう！　そこでならみんなが手をつなぎ合える。その場所のことでしょう？　悲しいという感情は。
タカシマ――場所？　何を言ってるんだ。感情ってのは、そんな具体じゃない。
サム――いやいや、具体に置き換えようとしてるんですよ。オレが悲しい顔をしてると言って、タカシマ——あなたがオレと手をつなごうとしたから！

サム——あ？

悲しい！　悲しい！　悲しい！　みんなそこに行きたがってる！　みんなそこが好きなんですよ。そこでなら手をつなぎ合えるから！　ホラ！　足音が聞こえる！　行進する軍人たちの足音！　あんなにキレイに揃って！　悲しい！　悲しい！　悲しい！　なあ、みんな悲しいだろ。だから一緒にさ！　足を揃えてさ！　悲しい！　悲しい！　悲しい！

なぜかサムは、手のひらの上を軍人たちが行進している、という仮想の中に。
そして、ふと、そこからこぼれ落ちたカエル（?）を見た。

サム——ん？（あたりを探して）どこへ行った？……何だっけ（……その時言うべき言葉は）……え？　そんなつもりじゃなかった？

タカシマ——何をしてるんだ!?

サム——（タカシマを見て）……悲しいんですか、オノさん……。

タカシマ——……。

工事の音が高くなって——。

12 家庭

父が一人でお茶を飲みながらパズルをしている。
そこにツトムが入ってくる。その手のキズには、包帯が巻かれている。
互いを意識するが、互いに言葉もない。

父――車、使っていいぞ。どっか行くのなら。
ツトム――え？
父――いや、どっか出かけるのなら、車を使っていいって言ったんだ！
ツトム――ああ……。
父――……。
ツトム――ミチルは？
父――帰ってないな、昨夜は。
ツトム――……。
父――どこをほっつき歩いてるんだか……。

ツトム——何してるんだよ。

父——え？　ああ、パズルだよ。

ツトム——パズル？

父——（パズル帳を誇示して）上級にステップアップだ。

ツトム——……。（その父を見て）

父——……。（見られてると思い、ツトムを見る）

ツトム——（さりげなくはずす）……。

父——母さん、よろこんでた……。

ツトム——何を？

父——おまえが病院に行ったからだよ。

ツトム——（包帯を見て）ああ……。

父——……。

ツトム——面白いのかよ、パズル。

父——……。

ツトム——面白いの？

父——（ただヘラヘラ笑う）……。

ツトム——責めてやしないよ。ただ聞いてるだけさ。

父――面白くないっていう人のことだってわかるさ……。だけど何もしないよりはいいだろ。
ツトム――そんなこたえを期待してるわけじゃないよ。
父――期待？　フン、期待か……。
ツトム――え、何？
父――ま、いいよ。
ツトム――わからないからだよ！　面白くてやってるのか！　面白ければそれでいいよ！　だけど……。
父――……。（ツトムを見る）
ツトム――面白いのかよ、ホントに！
父――笑うようなことじゃないんだよ、パズルってものは！
ツトム――面白いから笑うって話をしてるんじゃないよ！
父――わかるさ。だけど笑うんだよ、人は、面白ければ！　声に出さなくったってな！
ツトム――わかるよ。だけど、声に出さなくったって、笑ってないものは笑ってないだろ。
父――え？
ツトム――……。
父――え？
ツトム――……誤解しないでくれよ。オレはパズルをやってほしくないなんてことを言ってるんじゃないんだ。

父――(パズル帳を放って)ああ、やる気が失せた……！

出ていこうとすると、ミチルが入ってくる。

ミチルは髪を染めていて、パンクっぽい印象に変わっている。

父――おまえ……。な、何だそれ。

ミチル――何が？

父――その色。

ミチル――変？

父――……。

ミチル――(ツトムに)変？

父――変だろ。

ミチル――お兄ちゃんに聞いてるの。

ツトム――……。(少し笑って)驚いたよ……。

父、出て行く。

ツトム――どこに行ってたんだ？
ミチル――どこ？　言えるほどのどこはないわ。ただ歩いてたのよ。
ツトム――……。
ミチル――（父と）何を話してたの？
ツトム――うん……。
ミチル――（座って）ふーっ。疲れた！　かな……。フフ……。私こそ驚いた。
ツトム――え？
ミチル――父さんと話してたから。
ツトム――ああ……。
ミチル――ああ、なんだ。
ツトム――ミチル。
ミチル――何？
ツトム――働くことにしたよ。
ミチル――え？　お兄ちゃんが？
ツトム――うん。
ミチル――……どこで？
ツトム――地下鉄の工事で人足を募集してたから。

ミチル――地下鉄の工事？
ツトム――ああ。
ミチル――へえ。
ツトム――（包帯をさわりつつ）病院に行ってきた……。変に人目をひくよりはと思って。
ミチル――あ、その話？　父さんと。
ツトム――え、いや……。父さんにその話はしてない。
ミチル――母さんには？
ツトム――これからだよ。
ミチル――……。
ツトム――何だ。よろこんでくれないのか？
ミチル――光栄だわ。一番に報告を受けるなんて。
ツトム――ミチルも知ってたんだろ？
ミチル――何を？
ツトム――タカシマさんのことさ。
ミチル――……。
ツトム――もっとも、オレにとってタカシマさんがどんな人だったかなんてことは、おまえは知らない……。あの頃はまだ、こんなちっちゃい子供だったから。

ミチル――……。

ツトム――この部屋で一人で遊んでいるちっちゃいおまえを見て、オレは、早くミチルにもこんな経験をさせてあげたいと思った……。タカシマさんのような人に出会うってことさ……。信頼と希望……。フフフ……。いや、あの頃、そんな言葉を使っていたとも思えない……。だが、ホントにそうだった……。そこで泳いでいれば、ずっとしあわせでいられる！　そんな湖の中にいるような時間だ。

ミチル――会ったわ。

ツトム――え？

ミチル――そのタカシマさんによ。私は知ってた。母さんがタカシマケンイチって人を捜すことに必死だったことを！　お兄ちゃんを、自分の知っているお兄ちゃんに、自分の息子に戻すために！

ツトム――ああ。

ミチル――だから私も必死に捜したわ。母さんのために！　お兄ちゃんのために！　そしてコモリさんが捜し出してくれた。若い頃絵を描いていたという――。

ツトム――タカシマさん……。

ミチル――……。

ツトム――ああ、20年もたてば、人は変わるからな……。正確に言えば18年だ……。あの頃、おまえはまだ4つだった……。

ミチル――……。

ツトム――ミチル、おぼえてるか？　山道を母さんに手をひかれながら越えようとしていた時のこと。オレはこの家に残された。おまえと母さんがこの家を出て行ったんだ。オレは父さんに、なぜ追いかけないのと聞いた……。父さんは黙っていた……。だからオレは追いかけた……山道を……。母さんの声だ、歌ってる。母さんの歌っている声が聞こえた……。おぼえてるのか？

ミチル――ええ。

ツトム――あんなにちっちゃかったのに!?

ミチル――とってもこわかった……。

ツトム――追いついたオレをおまえは見ていた……。母さんに「ホントにもう戻ってこないの？」って言った時も、おまえはオレを見ていた……。そのことをおぼえてるって言うのか？

ミチル――おぼえてるわ……。

ツトム――ならばその時のおまえのことを教えてやろう……。おまえはまるく見開いた目でオレを見ていた……。ただじっとだ……。何を思っていたんだろう……。置いてきぼりにされたオレのことを悲しく思って？　いや。追いかけてきてくれたオレのことを嬉しく思って？　いや……そんな感情めいたものはなかった……。ただオレを見ていたんだ……。その瞳が青く光って見えた……。青い瞳がじっとオレを見ていたんだ……。

ミチル――……。

ツトム――戦場で、塹壕に身を潜めている時、夜営のテントが息苦しくなって外に出て風を感じている時、ふと、あの時のおまえの青い瞳を思い出した……。悲しいでもない、嬉しいでもない……。どこかでその瞳に見られているような気がしていた……。

居づらくなったかのように、ミチルがツトムから離れる。

ミチル――（少し笑って）……いやよ、そんな話。

ツトム――え？

ミチル――私は私で生きていかせて。

ツトム――（反応のしようがなくて）……。

ミチル――ね、お兄ちゃん。私は私で生きていかせて。

ツトム――もちろんそうさ。ミチルはミチルで生きてゆくんだよ。

ミチル、茶目っ気でも出すかのように。

ミチル――（髪のこと）似合ってる？

ツトム――……。

ミチル――いやだ、すぐにこたえて！

ツトム――そうか。もう遅いな……。いや、似合ってるよ。

ミチル――そう……。

ツトム――……。

ミチル――今までの自分に何か言いたくなったの。「あなた、そんな風じゃしあわせにはなれないわ。」とかそんな風なことをね。

ツトム――え、どういうこと？

ミチル――だから……。（ちょっと考えて）「その髪のせいじゃない？」とか言えるわけでしょ？　今はちがう髪だから。

ツトム――……。

ミチル――例えばの話よ！　その髪のことを言うのは！　ホントにそれを言いたくて髪をこうしたんだって風には考えないでね！

ツトム――ああ……。

ミチル――言いたいのはむしろ、私という人間の成り立ちのことよ。だからホラ、さっきの山道でのこと！「あなたがそんな風だから、お兄ちゃんに余計なことを考えさせてしまうでしょ！」そんなことが言える！　まぎれもなく今までの自分だから！

ツトム――何を言ってるんだ。オレはあの時のミチルが――。

ミチル――だってありえないもの！　嬉しくもない！　悲しくもないだなんて！　そうでしょう!?

ツトム――ちがう。そんなこと言ってるんじゃない！

ミチル――私の中の何かが、人を余計な考えに追い込んでしまうんだって考えればわかり易いわ。そんな自分を他人にしてあげたいのよ。今の自分にね。

ツトム――サムのことを言ってるのか？　あの男のことを。

ミチル――サム？　自分のことだって言ってるでしょ？

ツトム――だったら余計な考えに追い込んだのは、このオレだよ。

ミチル――聞いてる？　お兄ちゃん、私は自分のことだって言ってるわ。

不意に訪れた沈黙。

ミチル――そうか……。働くんだ、お兄ちゃん。

ツトム――……。

ミチル――フフ……。社会復帰ね……。

ミチル、携帯が鳴ったようで、それを見る。メールのようだ。

ミチル――（見て）！
ツトム――何だ？
ミチル――ん？　うん……。

ミチル、出ていこうとする。

ツトム――また出かけるのか？
ミチル――……（少し笑って）戻って来るわよ。

一人になったツトム。
包帯をほどいてみる。

ツトム――……。

すると、そこに母の姿が。

ツトム――（母を見て）……！
母――よくなるってお医者さんも言ってくださったでしょ？
ツトム――（キズを見て）……。
母――父さんもよろこんでたのよ。
ツトム――どこに行ってたの？
母――うん……。焼却場が出来てるの、知ってるだろ？　戦争が終わる頃に出来た……。あそこ。
ツトム――え？
母――サイトウさんの軍服をね、燃やしてもらおうと思ってさ……。
ツトム――焼却場？
母――話し合ってね、父さんと。そうした方がいいって……。手元に置いておきたかったかい？
ツトム――……。
母――だってサイトウさんが亡くなったのはあなたのせいじゃないんだもの。そのことをあなたにわかってもらいたかった。
ツトム――別のことだよ、たぶん。
母――別のことって？

ツトム――誰のせいってことじゃない。サイトウとの時間は、オレの時間だってことなんだよ……。だからオレは、その時間が……！
母――サイトウさんを助けてあげることも出来た。あなたはそう思ってるんじゃないの？
ツトム――……。
母――そうやって自分を責めてるんじゃないの？
ツトム――わからないよ！
母――……。
ツトム――わからないんだよ！　そういうことは何も！　母さん！　母さん！　母さん！
母――……。
ツトム――（頭を抱えて）これほど愛してるはずなのに、なぜこんな口をきかなければならないんだ！
母――……。
ツトム――オレは母さんを悲しませてる……。今わかるのはそれだけだよ……。
母――大丈夫だよ、母さんなら……。
ツトム――……。
母――大丈夫なんだよ……母さんは……悲しいわけがない……。だって、目の前に、あなたがいるんだもの……。
ツトム――……。

母――あなたがタカシマさんに会うって言ってくれた時から、母さんにはわかっていたよ……。

ツトム――何が？

母――何もかもがうまくいくってことがさ。

ツトム――……。

母――そうだろ？

ツトム――タカシマさんか……。

母――フフフ……。タカシマさんもね、懐かしかったって言ってくださってたよ……。あんたが懐かしかったって言ってたことを伝えたらさ……。

ツトム――オレは、お礼は言ったのかな。

母――何の？

ツトム――タカシマさんを母さんが捜し出してくれたことに対してさ。

母――お礼だなんて、そんな……。あ、今の、ちょっと面白くなかったかい？「お礼だなんて、そんな。」！　ハハハ……！

ツトム――ああ、そうか。ちょっと他人行儀だったってことで？

母――そうそう、他人行儀！

ツトム――そうだね。

母――他人行儀！　そうだよ……。

ツトム——いや、でも……。

母——いやでも、何よ。

ツトム——お礼を言わなくちゃ。

母——だからそれだとまたぶり返すよ。他人行儀が！　フフ……。

ツトム、ふと気配を感じ振り向くと、そこにタカシマが立っている。
タカシマは、ちょっと沈んだ感じで。

ツトム——……タカシマさん。

タカシマ——（照れたように）ああ……。

ツトム——今、タカシマさんの話を……。

タカシマ——オレの？

ツトム——ええ、母と——。

と母を示そうとすると。
すでに母の姿はない。

ツトム――……。
タカシマ――どんな話？
ツトム――いや、懐かしかったって……。
タカシマ――（ふんふんとうなずいて）……。
ツトム――（様子が変なので）タカシマさん？
タカシマ――大丈夫。大丈夫だよ。
ツトム――……。
タカシマ――教えてくれ。どうしてキミは……。だって、私がタカシマケンイチなる人物ではないってことを知ってたんだろ？
ツトム――ああ……。（そのこと）
タカシマ――え？
ツトム――……。
タカシマ――黙ってないで言ってくれよ。
ツトム――すいません。
タカシマ――いやいや。謝るようなことじゃないよ。
ツトム――あなたはタカシマさんですよ。
タカシマ――え？

ツトム――だって、ボクの記憶はもう、あの頃のタカシマさんをたどれない……。

タカシマ――でもキミは、いきなり私を試した！　コーヒー！　飲めるようになったんですねって！　はじめっからコーヒーの好きな人だったんじゃないか！　タカシマケンイチって人は！　私は……私は……うろたえた……あの時……！

ツトム――確認しておきたかった。それだけなんです！

タカシマ――一目見て、ちがうと思ったって!?

ツトム――ええ……。でも、たいしたことじゃない！　それはたいしたことじゃない！　だって、あなたは、タカシマさんであろうとして下さったから！

タカシマ――そうさ！　それが私の役目だったからな。

ツトム――だからあなたはタカシマさんなんです！　あの瞬間から、あなたはタカシマさんなんです！　タカシマさんであろうとして下さった！　そのことだけが信じられることだったんです！　あの時のボクには！　ええ、信頼と希望！　まさにそれです！

タカシマ――あれはちがう。当時、そうだったんじゃないかってキミたちの情報を私が聞いていたから！

ツトム――いいえ。そんな情報はボクには関係ない！　わかりますか。あの時、どんな思いであなたの言葉、あの「信頼と希望」という言葉を聞いていたか！　ボクたちのために！　ボクたち二人のためにあったんです！　あの「信頼と希望」は！

タカシマ――ツトムくん……。（呼んでしまった）

ツトム――（ことを嬉しそうに指さして）ええ、それ……それですよ、タカシマさん！

タカシマ――いや、今のはつい……。

ツトム――タカシマさん……。

タカシマ――え？

ツトム――そうであろうとする……。そのことだけがボクの道しるべです……。ええ、このこと（手のキズのこと）だって、ボクにはどうでもいいことなんです。でも母がそれを望むなら、ボクはそうした方がいい。それをあなたが教えて下さったんです……。

タカシマ――……。

ツトム――ということは、わかりますか？　ボクという人間は、ボク以外の人間によってつくられていくということです……。タカシマさんであろうとしたあなたが、それを教えて下さった！　だからボクは今、母さんにお礼を――。

母がいた方を見るが、母はいないことに気づき、タカシマの方を振り向くと、タカシマの姿もなくなっている。

ツトム――……。

13 空き地

すでにそこは家庭ではなくなっていて、ツトムは空地に立っていた。
煙が立ちのぼるのが見える。
ツトムは、それに気づき、近づこうとする。

ツトム――……サイトウ……！

地下鉄工事の音が聞こえてくる。
その音の方を見たツトム。

ツトム――……。

その視線の先にあるかのように、あらわれたのは、ヤマベ、ドイ、チビ。
そしてサム、カオル。

慌ただしく走り去ろうとする中で立ち止まったカオル。

ヤマベ――（そのカオルを勇気づけるかのように）カオルさん！
カオル――行けないわ、私は。
ヤマベ――……。
カオル――車のキーを管理するのは、あなたの役目だったんじゃないの!?
ヤマベ――すいません！
カオル――ほっといて！　私のことはほっといて！
チビ――カオルによろしく言っといてくれってアライさんに言われた時、オレがすぐに伝えればよかったんですが……。
ドイ――言われたのか!?　そんなことを！
チビ――ああ、言われたんだよ！　朝、オレが顔を洗ってる時！
ヤマベ――バカ！　今ごろそんなこと言って何になるんだ！
チビ――すいません！
ヤマベ――（サムに、カオルのことは任せたとばかりに）オレたち！
サム――ああ。

ヤマベ、ドイ、チビが去る。

カオル——どうして一人で!?　どうして一人でなの!?

サム——……。

カオル——アライは死ぬの？　死んだの!?

サム——……。

カオル——え？　笑ってる？

サム——いや……。

カオル——笑ってるように見えたわ。

サム——（少し笑う）

カオル——（ので）え？

サム——筋道のことを考えてしまった。

カオル——筋道？

サム——ああ、もしオレが笑ったとしたら、それは筋道からはずれてるなって……。そして（カオルを見る）

カオル——（言葉を待つ）

サム——そして、アライさんは、オレが筋道からはずれることを望んでいるかもしれないって……。

カオル――何のことを言ってるの？
サム――バカげたことはわかってる！　それがアライさんの言いたかったことじゃないのか？
カオル――え？
サム――だったら笑えばいい！　そう言いながら、アライさんは、あの車ごと、あの議員の宿舎に突っこんだんだ。
カオル――ちがう……。ちがうわ……。
サム――いや、ちがわないな。だって、バカげてるだろ!?　何になる？　あんな建物の一角に、ささやかな爆発を起こしたからといって！　ささやかさに花を添えるためのように、自分の命を落としたからといって！
カオル――……アライは、生きていこうって言ったのよ、この町で……。私たちが生まれ、育ったあの町の平和は、まやかしだと言って。この戦争にキズつけられた町でなら、この町の人たちとならホントの平和が見つけられるはずだから、そう言って……。なぜ戦争が避けられないものになってしまったのか、そのことを一緒に考えていけるはずだから、そう言って……。あなただってそうでしょう!?　そう思ったから、この町に来たんじゃないの？

いつしか、そこにミチルが来ていて――。

カオルもサムも、そのミチルに気づく。

カオル――……誰かと思ったわよ……。

ミチル――どうしたっていうの、アライさんは。

しかしそれに返す言葉は二人にもなく。

カオル、去ろうとする。

ミチル――カオルさん。

カオル――……。

ミチル――いて、ここに。

カオル――どうして？

ミチル――だって……さびしいじゃない。

カオル――（サムを見る）

サム――オレの言い分じゃないよ。

ミチルは、コモリが死に絶えていたあたりを見ていて。

ミチル――どう考えればいいのかわからない。一人の人間がいなくなるってことを……。
サム――オレが行った方がいいか？
ミチル――いなくなったってことを私に感じてほしいから？　あなたがいなくなったってことを……。
サム――女同士で話があるのならってことだよ。
ミチル――女同士……！（と笑って）……私は私たちがコモリさんと三人だった時、男同士で話があるのならって、席をはずしたりはしなかったわ。
サム――じゃあ、オレがいなくなったってことを感じてほしいからって言おうか？
ミチル――……。
サム――オレは、どっかで思い出すんだろうな……。ミチル、おまえのことを……。そして思い出の中のおまえが、実際にいたのか、オレの中で勝手につくり出された女だったのか、そのことに悩むのかもしれない……。そしてふと、こう思うんだ。それがおまえが最初っから望んだことだったんじゃないかって……。

カオルがいなくなっている。

ミチル――（そのことに気づいて）……！
サム――いなくなったのは誰だ？　コモリか？

ミチル――私が最初っから望んだ？

サム――ああ。別の場所にいることをさ。よそ者のオレたちとあのブランコで一緒にいることがおまえにとっては別の場所にいることになったんだろう……。でもオレにとっては、そこにいるおまえが別の場所にいるおまえだった……。オレは最初っからおまえを思い出すように仕向けられていたんだ。

ミチル――……。

サム――オレは、自分のことを笑うしかなかった。おまえと二人の時間を思う自分のことを……。わかるか？　二人の時間……。言葉は、そうだな、たぶんこんな……。「だいぶ涼しくなった。」「うん、だいぶね。」……フフフ。言わなくてもいいことさ。だって言葉はいらないんだから……。「あれ？」なんて言ったら、もう大事件さ。ハハ……。でも、たいしたことじゃない。同じ場所にいて、同じことを感じてるってことが、そんな大事件も凌駕していくんだ……。時々、オレはおまえの名前を呼ぶだろう。「ミチル。」って……。「何？」っておまえは言う……。でもおまえはわかってる……。オレはおまえがそこにいることを確認しただけだってことが……。

ミチル――そうよ。私だってそんな時間を夢みたわ。

サム――じゃあなぜコモリを必要とした？

ミチル――……。

サム――いや、だからオレは笑ったって話さ。そんな時間を思った自分のことをな……。
ミチル――サム。
サム――え？
ミチル――私はあなたに恋をしていたんだって言わせて。
サム――え？
ミチル――そしてお互いに、その落ち着いた静かな時間を夢みていたんだって。
サム――何のために？
ミチル――……。
サム――何のために、そんなことを思う必要があるんだ!?
ミチル――そんなしあわせが私にもあったんだって思いたいからよ！　自分自身に言ってあげたいからよ！　たったひとつだけあなたはいいことをした！　サムって男に恋をした！　だからミチル、あなたのことを認めてあげるって！
サム――フフフ……。
ミチル――何？
サム――それがおまえの物語だってわけか……。
ミチル――物語？
サム――いいだろう……。オレはおまえの物語の中の登場人物になろう……。じゃあ聞くが、その物語の中で、二人に、二人が夢みた落ち着いた静かな時間はくるのか？　そこにおまえがいることを確認するためだけに「ミチル。」っておまえを呼ぶ時間は！

ミチル——くるわ。

サム——……。

ミチル——くるわ……。「サム。」……あなたがそこにいることを確認するためだけに私があなたの名前を呼ぶ時間が……。

この現実の時間に、まさにその落ち着いた静かな時間がつかの間訪れたかに見えた時、ブランコの若者たちが戻ってくる。ヤマベ、チビ、ドイ。

ヤマベ——おう、サム！　ブランコに行こう！

ドイ——サム！

チビ——サム！

三人、行く。

サムも行こうとする。

ミチル――――サム。

サム――――……。

それは、そこにいることを確認するための「サム。」ではない。とばかりに。

サム、去ってゆく。

ミチル――――……。

カオルがいる。

カオル――――平和な方に？　どこにあるって言うのよ、平和が。

後方に、家のセットが見えてくる。

カオル去ってゆく。

ミチル、家の方を見る。

その家に近づいて行こうとする。

と、家とは別の場所に。

14　父と母

歩いてきた父と母。

母は、あのサイトウの軍服を手に持っている。

母――ホントにこっちでいいんですか？　まちがってない？

父――（地図を見て）ああ、こっちでいい。

母――……。

父――いいんだよ。ホラ。（と地図を示す）

母――疑ってるわけじゃありませんよ。

父――何だ？

母――知ってる？　ナビゲーションていうんですよ、あなたの今の役目。

父――え？

母――なぜナビゲーションがうしろを歩いているのか、そのことをちょっと考えてしまったんですよ。

父――おまえが速いからだろ。歩くのが。
母――（首を横に振って）ハアア……。
父――なあに？
母――あなたが遅いからでしょって言いそうになった自分がイヤだと思ったの。
父――何だよ……。（と少し笑う）
母――（軍服を持っている手を拭って）汗をかいてる……。

いつしか、家のセットとともにミチルの姿もない。

父――持とうか。
母――いいですよ。
父――だけど……おまえはすごいな。
母――何がですか。
父――そのサイトウさんの軍服……。ホントに焼却場に持っていったのかと思ったよ。
母――……。
父――オレなんて嘘をひとつつくだけで、もう心臓はバクバクするし、目は泳ぐし、指先はつめたくなるし……。

母――嘘？　嘘なんかついてませんよ、私は。

父――だって嘘じゃないか。こうやって――。

母――あなたは嘘という概念がすでにまちがっている。あなた若い頃、今日は帰るからと言って帰らなかったことが何度もあったでしょ？　あれは嘘って言っていい。だけど、この軍服を焼却場に持っていったということは断じて嘘じゃありません。

父――ちょっと待てよ。どうちがうんだ、そのふたつは。

母――だって、あなたの「帰るから。」には腹が立つけど、私のには腹が立たないでしょ？第一、私は、言い訳しようとも思わない。いや言い訳の必要を感じない。あなたが「いや、ゆうべは……。」とか言い訳ばっかりしていた、あのたわ言とちがって！

父――(首を横に振って) ハアア……。

母――何ですか。自分の何がイヤになったんですか？

父――(首を縦に振って) そうか、そうか。

母――ハア、あきれた！

父――持つから、それ。

母――いいって言うんですよ。

父――……。

母――わかりますか？　私は事実の修正をはかっただけですよ。この軍服を洗ったことでツトムがあんなことになった……。あのあと、ツトムのことを「わかるような気がする。」ってあなた言いましたね。そう、消極的同意ってやつですよ。たまるもんですか、消極的に同意なんかされて！　私には、あなたのその消極を焼却する必要があった！　ん？　消極を焼却？　ハハン、早口言葉じゃあるまいし！

父――……。

母――おまえにも迷惑をかけていたんだな、なんて殴りたくなるようなこと言わないで下さいよ。

父――言わないよ！　だからおまえは、歩くのが速いって言うんだ……。じゃあ、ここからは私が前を歩こう。

母は、近くの木の幹を見ている。

父――何だ？

母――見て。

父――何？

母――誰かがしるしをつけてる……。この木の幹に。

父――え？

母――――ホラ。
父――――何のしるしだよ。
母――――（嬉しそうに）決まってるじゃないですか！　子供を連れてきたんですよ、ここに。そしてそう、ここに立ってごらんて、子供の背をはかったんですよ。またここに来る時のために……。こうやってホラ、しるしを……。あ、ここにも！　二人よ、子供が二人いたんだわ……。え？　それとも、これが成長してこっち？　ううん、ふたつともまだ新しい……このキズあと……。木の幹についたキズあとのことよ……。
父――――（見ていて）ああ……。
母――――（思わず涙ぐんで）捜して、あなた。誰かそこらにいないか。このしるしをつけた親たちが……。
父――――（捜して）いないよ……。
母――――そう……。じゃあ、たった今ってわけじゃないわね……。
父――――ね、早く行こうじゃないか。
母――――どこに？
父――――サイトウさんちだよ。
母――――（軍服をみて）ああ……。

しかし動かない母。

父——……。

母——ああ、何だか喜び方がわからなくなったような気がする……。嬉しいはずだって思いだけがここ（胸）にあるんですよ。

父——ツトムのことを言ってるのか？

母——え？　ああ。……そう、ツトムが働いてくれることになった……。そのことですよ。

父——……。

母——どうなんですか、私はもっとちゃんと喜んであげるべきだって風には見えませんでしたか、あなたの目には。

父——大丈夫だよ。ちゃんと喜んであげたさ。

母——……。

父——そしてそのことはツトムにもちゃんと伝わったんだよ。

母——（木の幹のキズを捜して）ん？　どこだったかしら……。え、どこ？

父——ここだよ。

母——ああ、あった……。（また嬉しそうに）ここまで！　ここまで！（と背丈をあげていって）……どんな大人になっていくって言うの!?　ねえ、あなた、どんな大人になっていくのかしら、この子たちは！
父――立派な大人さ。
母――立派？　立派って？
父――その、何て言うか、妹のことを思い、親のことを思い……つまり家族のことを思って……。
母――（虚ろに）ああ……。
父――それだけじゃ不満か？
母――あなたが、立派って言うから。
父――言ったけど……。
母――立派な大人か……。そうね……。
父――う、嘘もつかない方がいいな。なるべく……。
母――立派な大人！　そうね！　それぞれに自分たちの道を見つけて行くわ！　親は？　親たちは!?　見守ってあげる！　そういうことよ！　ああ、その親たちにも幸いあれだわ！
父――ツトムーッ！（と叫ぶ）
母――何をしてるの、あなた？
父――いや、呼びかけてるんだ……ミチルーッ！
母――おかしな人ね、フフフ。

父——（もう一度）ツトムーッ！

母——バカな人よ。あなたはバカな人よ。

泣きくずれる母。

父——（地図を見て）ホラ、こっちでいいんだ……！

二人、歩いてゆく。

その二人を見送るようにサムが出てくる。

サム——……山を越えればオレたちの町だ……。麓には川がある……。その川には橋がかかっている……。人たちが渡るための橋だ……。……オレたちがこの町に来た時、橋は壊されていた……。だからオレたちは泳いで川を渡った……。……思えば、あの時から、オレたちは、いや、オレは……ひとつの大きな物語に迷いこんでいたのかもしれない……。物語？　フフフ……言い方を変えよう。別の時間だ……。別の時間に泳ぎついた時、オレたちの髪は濡れていた……。

カオル、ヤマベ、ドイ、チビがうごめいているのが見える。

サム――……オレは時々思う……。ミチルの兄さんが、あの帰還した兵士が、なぜオレにサイトウという戦友の話をしたのか……。思っては、何か企まれたものがオレを身動きの出来ない状態に追い込もうとしていたのではないかと感じ始めるのだ……。……企まれたものの……オレの前にあらわれたミチル……そのミチルを想像の中で育み、死に絶えたサイトウ……濡れていたサイトウの髪……。……どんな一日だったと言うんだ。あの霧に包まれていた日、オレたちは、トシミツを警察から奪い返すための作戦を練っていた……。

15　ブランコ

カオル、ヤマベ、ドイ、チビのいる中に入ってゆくサム。

ヤマベ——暑いな……。ちょっと、向こうの窓を開けてこいよ。

チビ——ハイ！

チビ、窓を開けに行く。

カオル——ナンバープレートは外しておいた方がいいわね。

ヤマベ——あ、それは、はい。

ドイは、無線の周波数を合わせているのだろう。雑音がラジオから流れている。

サムは、地図を広げていて——。

サム――無理だな、この道は。工事にぶつかっている。
ヤマベ――工事？　地下鉄のか？
サム――ああ。
チビ――（戻って）開けてきました。
ヤマベ――とどいたか、窓には。
チビ――あ、ハハハ。
カオル――くだらないこと言わないで！
ヤマベ――すいません。
カオル――（サムに）じゃあ、どの道を通ればいいの？
サム――こっちの道か。
ヤマベ――ずいぶん遠まわりになるな。
カオル――ここ、マーケットでしょ？　この通り、今はダメよ。警備が厚くなってるわ。

ヤマベ、窓を見にいって。

ヤマベ――（戻って）おまえ！　どの窓を開けてるんだ！　あれじゃあ、風が入らないだろ！
チビ――え!?

ヤマベ――だから言ったんだよ！　とどいたかって！
チビ――あ、上の。
ヤマベ――上の？　じゃねえよ！

ヤマベ、自ら開けに行く。

ドイ――言ってます！　言ってますね、盗難車のこと！
カオル――あの車のこと？
ドイ――ハイ、白いセリカ。
チビ――（戻ったヤマベに）すいません！
ヤマベ――見ろ。通るじゃないか、風が。
チビ――ハイ！
サム――この道を突破するしかないな。
カオル――この橋まで何キロ？
サム――ざっと20キロ……25キロあるかな。
カオル――山道よ。
サム――むしろ、山道だから安全だって考えれば……。

カオル――……。

ヤマベ――地下鉄か……。うん、ここを突破すればな……。

カオル、ブランコ内を見まわす。

カオル――（アライの座ってた場所を見て）……ここに座ってた……。

皆、察して「……。」

カオル――サム、教えて。私の知らないあの人のことを。

サム――……。

カオル――あの人は、私の知らないあなたのことを教えてくれたわ……。まだこの町に来る前のこと……。あいつは生意気ざかりだったって……。アライと歩いている時、子供たちの手をひいた母親の集団とすれちがった……。……あなたがこう言ったって。「アライさん、あいつらが戦争をひき起こすんですよ。」って……。「どういうことだ。」ってアライは聞き返した……。「母親が我が子をかわいいと言うかぎりこの世から戦争はなくなりませんよ。」あなたはそう言ったのよ。そうでしょう？

サム――……。（少し笑う）
カオル――善なるものは悪に通じる……ちがう？　母親たちが殺気立つのは目に見えてる……。子供たちは争うに決まってるから……。何よ、何を笑ってるの？
サム――アライさんのことを思い出したから。
カオル――アライのこと？　どういう？
サム――ただ笑ったんですよ……。おまえは子供だっていう風に……。

なぜかヤマベ、ドイ、チビも、ヘラヘラと笑う。
ジュンコが、店の奥から出てくる。

ドイ――あれ？　ジュンコさん、いたの？
ジュンコ――いたわよ。
ヤマベ――ん？　お出かけ？
ジュンコ――うん、ちょっとね……。（ピアノのところにタバコを置いていたのを）あ、ここか……。（と取る）
カオル――ねえ、何か弾いてよ。
ジュンコ――え？
カオル――何か。

ジュンコ——今度ね。ちょっと急ぐから。

ジュンコ、出てゆく。

皆、なんとなく「……。」

ドイ——これ（無線）、車に積んだ方がいいっしょ？

ヤマベ——そうだな。

ドイ——（チビに）おい。

チビ——OK。

ドイとチビ、持って出てゆく。

ヤマベは、ジュンコが出てきた方を見て。

ヤマベ——どこにいたんだ？

サムもカオルも、そっちの方を見にいく。

そして、それぞれが、たった今のジュンコの動きに不穏なものを感じた。

サム　──急ごう！

三人、持つべきものを持って出てゆく。
誰もいなくなったブランコ。
……。
ゆっくり、そのセットがくずれてゆく。
と、霧のたちこめた大地に、耳をつけている二人の男。
ツトムとタカシマだ。

16　何もない空間へ

タカシマ――……聞こえる……聞こえるだろ？

ツトム――ええ……。

タカシマ――働いてる……。何て言えばいい？　明日からのキミの仲間たちだ……。

ツトム、顔をあげ、むしろその地上を見まわすような……。

タカシマ――ん？

ツトム――あ……。どこかで見たことがあるような気がして。

タカシマ――この風景のこと？

ツトム――ええ。

タカシマ――それは……きっと、アレだな……。ある種の懐かしさっていうか……。何かが始まるって思いだよ。つまりこの風景そのものがいつかキミが何かを始めようとした時の、心の風景につながるからだよ……。だって、私自身が今、そう感じた。この風景を見て。

ツトム――いや……画材屋さんがあった……。店先にいろんな大きさのカンバスが並べてあった……。
タカシマ――こんなところに？
ツトム――ええ、ボクはタカシマさんと会った帰りに、その店の前を通ったんです。
タカシマ――(照れたような)……。
ツトム――帰りに？　いや行く時も通ったはずだな……。行きと帰りは同じ道のはずだから……。どうしてかな、帰りのことしか今頭に浮かばなかった……。
タカシマ――画材屋さん……。
ツトム――ボクに買えるようなものは何もなかった……。だからボクは店先で、見えるものを見ていただけなんです……。どんな人が中で働いているのかもわからなかった……。
タカシマ――私はその……嫉妬してもいいかな……。キミのそのタカシマさんに……。
ツトム――え？
タカシマ――ずっとそうなんだよ。キミにそうやって思い出を残してしまっているタカシマさんに、ずっと妬ましい思いを感じていた……。
ツトム――だって、そんなこと……。
タカシマ――どこにいるんだろうな、そのタカシマさんは今……。
ツトム――……。

タカシマ――今日は霧が深いな……。ん？　こっちにのびているのか？（とまた地面に耳をつける）

ツトムは包帯の手を見ている。

と、そこにミチルが立っている。

カバンを持っている。

互いに気づき合った。

タカシマ――（も気づいて）ああ……。（どうしてここに）え？

ミチル――学校に行くんです。

タカシマ――その髪で？

ミチル――ハイ。

タカシマ――へえ……。

ツトム――そうか、通り道なんだ。

ミチル――そうよ。

タカシマ――あ、ブランコのこと……。（力になれずに）

ミチル――ええ……。

タカシマ――（ツトムに）いや、力になれるかもしれないと言ったのに、なれなかった。

ツトム――ああ……。
タカシマ――（ミチルに）あ、今ね、工事の音を聞いていたんです。
ミチル――この下の？
タカシマ――そうそう。この下で働いてる人たちがいるんだって、そんなことを言いながら。

ミチルも大地に耳をつけてみる。

タカシマ――ね、聞こえるでしょう？
ミチル――……聞こえるかな……。
タカシマ――ん？　休憩に入ったかな。（と耳をつける）あ、たぶん休憩に入ってますね……。あ、学校！　地下鉄で通えることになるんじゃないですか？
ミチル――でも、出来る頃には卒業してるかもしれません。
タカシマ――わー、そうか……。時間はたつもんなあ……！
ミチル――お兄ちゃん。
タカシマ――お兄ちゃん？　ああ、お兄ちゃんね……。そか、そか。
ツトム――何だ？
ミチル――（カバンから弁当を出して）これ。

ツトム――え？
ミチル――お弁当よ。
ツトム――ちょっと待てよ。働くのは明日からだよ。
ミチル――知ってるけど……予行演習？　お兄ちゃんが早く出て、私が遅れて出るようになれば、こんなことになるわけでしょ？
ツトム――早いったって、弁当ぐらい持って出れるさ。
ミチル――ちょっと、ほんのちょっと母さんに楽をさせてあげるのよ。
ツトム――……。
ミチル――受け取って。
タカシマ――じゃあ、私が――。（と受け取る）
ミチル――……。
ツトム――……。
タカシマ――冗談ですよ！

兄妹が笑うには至らないので。

タカシマ――あ、これは……。じょ、冗談にならなかった？

やっと少しだけ笑う兄妹。

タカシマ――（ホッとして）あー、あぶない、あぶない……。一世一代の空振りだった……。と言いながらまだ（弁当を）持ってる私は何なんだ。

ツトム――じゃあオレが――。（と受け取る）

タカシマ――ありがとう。

ツトム――いえいえ。

タカシマ――さっさと取ってよ、もう！

ミチル――フフフ……。いいわね、三人て。こんな風にまわった。（自分からタカシマ、そしてツトムに）

タカシマ――仲介業者の面目躍如だ。

ミチル――じゃあ、行くね。

ツトム――ミチル。

ミチル――何？

ツトム――……ありがとう。

ミチル、去ってゆく。

タカシマ――何だか、結婚したくなったな……。ハハハ、いや、妹さんとってことじゃないよ。

ツトム――ハハハ。これ、よかったら。（弁当）

タカシマ――え？

ツトム――いや、ホントに。

タカシマ――どういうことよ。

ツトム――オレが食べるより、タカシマさんがこれを食べてくださった方が……何だろうな……みんながしあわせになれるような気がする……。

タカシマ――え？

ツトム――そう思いませんか？

タカシマ――いや、私はいただく立場だから……っていうか、お腹はすくよ、いずれ。

ツトム――その時は、ええ、また考えましょう。

タカシマ――また考えるって……。

ツトム――（まわりを見ている）

タカシマ――結婚したくなったって、そういう意味じゃなかったんだけどなァ……。

ツトム――タカシマさん。

タカシマ――え？

ツトム――霧が……。（たちこめてる）

タカシマ――ああ……。
ツトム――陽が射してくるのがもったいないくらいですね。
タカシマ――え?
ツトム――いえ、キレイだから。この霧が。
タカシマ――……。
ツトム――オレ、妹に「ありがとう。」って言いましたよね。さっき、それのことで。
タカシマ――ありがとう? うん、言ったよ。
ツトム――……。
タカシマ――どうして?
ツトム――いや、言ったかなと思って……。
タカシマ――言ったよ。私は聞いていたから。

車の音が聞こえる。

タカシマ――ん? 始まった?

タカシマ、大地に耳をつける。

が、ツトムは実際の音の方を見る。
車の音、急ブレーキとともに止まる。

タカシマ――（顔をあげ）え？

ツトム――！

身構える二人。
走ってくるブランコの連中。
サム、カオル、ヤマベ、ドイ、チビ、そして、トシミツ。

タカシマ――何だ、おまえら！

ヤマベ――ちくったんだよ！　ちくりやがったんだよ！　あの女が！

タカシマ――え？

カオル――ジュンコよ。あなたがそそのかしたんじゃないの？

タカシマ――え？　何の話をしてるんだ？

トシミツ――見ろ！　オレを！　トシミツだよ！

タカシマ――え？

トシミツ――つかまってたまるかっていうんだよ！　男トシミツだよ！
ヤマベ――おいおい、ひっこんでろ。
トシミツ――口きけてえじゃねえかよ！　誰かと！　ずっと一人だったんだ！
カオル――トシミツ！
トシミツ――おっ、こいつ、包帯してるぞ。おい、包帯なんかしてやがる！
サム――トシミツ！（と、とどめて、ツトムに）聞きましたよ。働くことになったそうですね。
ツトム――ああ。
サム――念願の地下鉄工事で？
ツトム――……。
サム――それがあなたの筋道だったってわけか。

うしろの方でこづき合っていたタカシマとトシミツ。
タカシマの手から弁当が落ちたので、

トシミツ――何だこれ。（拾って）
タカシマ――あ、おい！
トシミツ――どけよ！

サム――結局、争いの道を選んだってことになりませんか。
ツトム――どうだろうな。
サム――だってオレたちの道をふさいでる！
タカシマ――ジュンコがちくったってどういうことだ！
カオル――聞いてたのよ、私たちの話を！
ドイ――はじめっからあの女、あやしいと思ってたんだ！
チビ――ピアノひける奴なんて信用出来ねえよ！
ヤマベ――そういう問題じゃねえ！
チビ――ハイ！
ツトム――争いの道を進んだのは、あんたの方じゃないのか？　コモリって男を排除したのは、あんた自身だろ！
トシミツ――（すでに弁当食っていて）うめえよ！　こりゃうめえよ！
タカシマ――バカ！　おまえ！

車の音、急ブレーキ。
皆がその音に「！」
マコトがピストルを構えながら出てくる。

マコト――逃げられないぞ、おまえら。

ブランコの連中、走り去ろうとするが、そっちには、すでに警察の包囲があるので、あとずさるしかない。

マコト――はじめてのことだよ。こんなものをこうやって構えるなんてことはな……。撃っていいって許可ももらってる……。さあ、おとなしくしてくれ。

ヤマベ――ふるえてるのか？

いっせいにマコトに襲いかかる彼ら。

争いの中で、ピストルが落ち、それを拾ったのはサム。マコトを撃とうとするので、それを止めようとするツトム。

そのツトムに向かって引き金を引いたサム。

ツトム――！

サム――！

タカシマ――ツトムくん！

母の声――ツトム！

その母の声の方に行こうとするツトム。

その背中に、もう一発！

母――ツトム！

ツトムに近づこうとする母。

その時、ツトムと母の間に、金網のフェンスが立ちはだかり、二人の接触を阻む。

そして、もう一発。

そのフェンスをつかむようにして

死に絶えるツトム。

サム――……これが筋道ってわけか……。筋道ってわけか、これが!!

ヤマベ――サム！（逃げよう）

サム――……だけど、どうなんだミチル……。兄さんは忘れてたんじゃないのか？　ここが戦場だってことをさ……。

騒がしい（警察の）音。
ブランコの連中、逃げる。
その先で銃声。
残ったタカシマと母。
死に絶えたツトム。
母の声。
歌ってる？
不意に聞こえてくる少年の声。

声――――母さん……ホントに、もう戻ってこないの？

母は、あたかもその少年を探すかのよう。

母――――（タカシマを見て）タカシマさん？　タカシマさんでしょう？　そこにいらっしゃるのは。

タカシマ――ええ、タカシマです。

朝日が射してきた――。

了

●上演記録

青い瞳

シアターコクーン・オンレパートリー2015
2015年11月1日（日）～11月26日（木）
東京／Bunkamura シアターコクーン

●キャスト

ツトム　中村獅童
サム　上田竜也
ミチル　前田敦子
アライ　堅山隼太
（サイトウ）マコト　金井勇太
カオル　瑛蓮
エバ　田代絵麻
チビ（タダシ）　藤木 修
トシミツ　篠原悠伸
ドイ　藤原季節
ヤマベ　木原勝利
ジュンコ　エミ・エレオノーラ
ツトムの父　岩松 了
タカシマケンイチ　勝村政信
ツトムの母（しのぶ）　伊藤 蘭

●スタッフ

作・演出　岩松 了
照明　沢田祐二
美術　二村周作
音響　井上正弘
衣裳　伊賀大介
ヘアメイク　宮内宏明
擬闘　栗原直樹
演出助手　相田剛志
舞台監督　幸光順平
　八木 智
舞台監督助手　村上勇作
　蕪木久枝
　久保勲生
　渡辺健次郎
　三上洋介
　毛利優介
衣裳進行　元風呂早苗
　竹内 彩
照明操作　渥美友宏
　西澤 孝
　大久保喬史
音響操作　渡邉卓也
ヘアメイク進行　根布谷恵子
美術助手　小倉奈穂
衣裳助手　中原幸子
　神田百実
　郡山紋音
大道具　C・COM舞台装置
　伊藤清次
小道具　高津装飾美術
　天野雄太
運搬　マイド
宣伝広報　ディップス・プラネット
エグゼクティブ・プロデューサー　加藤真規
チーフ・プロデューサー　松井珠美
プロデューサー　金子紘子
制作助手　田宮彩名
　梶原千晶
　河本三咲
劇場舞台技術　野中昭二
票券　小瀧 香
協力　松竹株式会社
主催／企画・製作　Bunkamura

あとがき

この『青い瞳』を書いている時、知り合いの役者が出演している舞台を観に行った。終演後に楽屋を訪ねたら、いきなり「岩松さん！　タバコやめたんですって!?」と言われた。「ああ、聞いてる？」「びっくりしましたよ」そう言いながら知り合いはタバコに火をつけた。私はタバコをやめるに至った経緯を話した。話しながら、観たばかりの芝居の感想をそっちのけであることに気づいた。そしてふと訪ねていきなりの「岩松さん！　タバコやめたんですって!?」は、この知り合いの思い遣りではないかと思った。終演後に楽屋を訪ねた人に「どうだった？　今日の芝居」と聞くことの、まあその、思い遣りの無さを、知り合いも常々感じているのだろう、そう思ったのだ。その裏には何があるのか。一番に聞きたいのがそれであって、観た者、観せた者、の関係で言えばそれが一番の問題になるはずであるのに、それをあえて避けることが《思い遣り》だなんて！

そしてふと、こんなことを思う。この楽屋を訪ねた時の知り合いの役者と私との会話、その時間を演劇にしたらどうなんだろう？　終わったばかりの芝居の話はほとんどせず、タバコの話から始まって、じゃあまた、とわかれてゆくまでの二人。おそらくは、何だったの今の、という時間になるのではあるまいか。けれども確実に二人の間には潜行するドラマがあった。《思い遣り》である。それがすべてを操っていたのだ。その喜劇性。二人は、この時間をどんな風にもっていった方がいいのか、自ら選んでいるように見えながら実は操られていたのだ。ただ、ほどこしはあるだろう、この時間がある芝居の終演後であって、二人は出演していた役者と、観たばかりの観客であるとわからせるためのほどこしは。

こんなことを思ってしまったのには、もしかしたらそのころ贈られてきた長井和博氏の『劇を隠す』（勁草書房刊）という本を読んだ直後だったというのがあるかもしれない。宣伝めくが、この本は、私の過去の作品を論じたもので、私がどのようなドラマツルギーで本を書き始めたのかを思い出させるものだった。確かに私は《隠す》ことの中に時間の豊かさがあると考えたのだ。表れたものは言ってみれば、説明であって、うまく説明することがうまい戯曲を書くということであることを否定はしないが、それでは人が避けがたく身を置くこの喜劇的な世界を十全には表現できないものになっていく、と私は考えたのだ。いや、書くということはいずれにせよ説明なのだから、バレないように説明するというだけのことかもしれないが。

ひるがえって、この『青い瞳』という戯曲。『劇を隠す』で論じてある作品のころから、あの日常生活という体裁で世界を表現したいと思っていたころから、ずいぶん隔たった体裁をとっているように感じるが、おそらく根本はかわらないのだろうと思っている。

ただある取材で私が言ったのは、この『青い瞳』を書くときに私が欲していたのは対話劇ではなくモノローグだった、ということである。それは戦争、帰還兵を扱っているということと無縁ではないのかもしれない。

《隠す》ことの中に時間の豊かさがあると言ったが、もしやそれは《わかるはずのないこと》を《わかる》としてしまう劇の危険から身を引こうとしたことに他ならなかったのではないか。ではその時に、人と人との間にあるこの世界のドラマを対話ではなく、モノローグで表現したいと思った私の欲求は？

一人の人間の中にある《わかるはずのないこと》への挑戦、それではなかったろうか。なぜ戦争が避けがたく世界に蔓延り続けるのかを解き明かした者はいないし、戦争の残滓とも言うべき帰還した兵士を救えた者もいないという現実は、どこにも収斂することの出来ない帰還兵のモノローグそのものではないのか。

いや、それでも希望はあると思いたい。

その思いを『青い瞳』に託した。

早く書き上げられると思って書き始めた『青い瞳』だったが、執筆には困難を極めた。登場人物とともに私自身が《わからなさ》のなかに迷いこんだからだ。そういう意味では、私自身のドキュメンタリーと言っていいかもしれない。そのせいで原稿を待ってくれた役者の人たち、スタッフの人たち、ひいては出版を快く引き受けてくださったポット出版の沢辺均さん、那須ゆかりさんには、ずいぶんと迷惑をかけてしまった。今は、この劇の帰還兵ツトムと同様、その人たちに「お礼は言ったのかな」と言いたい衝動にかられている。

皆々様に、感謝！

岩松　了。

２０１５年、10月

岩松　了（いわまつ・りょう）
劇作家、演出家、俳優。1952年長崎県生まれ。
自由劇場、東京乾電池を経て「竹中直人の会」「タ・マニネ公演」等、
様々なプロデュース公演で活動する。
1989年『蒲団と達磨』で岸田國士戯曲賞、1994年『こわれゆく男』『鳩を飼う姉妹』で紀伊國屋演劇賞個人賞、
1998年『テレビ・デイズ』で読売文学賞、
映画『東京日和』で日本アカデミー賞優秀脚本賞を受賞。

著作一覧

蒲団と達磨（白水社、1989・6）
お茶と説教（而立書房、1989・7）
台所の灯（而立書房、1989・7）
恋愛御法度（而立書房、1989・7）
隣りの男（而立書房、1992・8）
アイスクリームマン（而立書房、1994・4）
市ヶ尾の坂（而立書房、1994・7）
スターマン・お父さんのお父さん（ペヨトル工房〈シリーズ戯曲新世紀5〉、1995・7）
月光のつゝしみ（而立書房、1996・5）
恋する妊婦（而立書房、1996・7）
映画日和（共著、マガジンハウス、1997・10）
恋のためらい（共著、ベネッセコーポレーション、1997・12）
テレビ・デイズ（小学館、1998・4）
傘とサンダル（ポット出版、1998・7）
五番寺の滝（ベネッセコーポレーション、1998・11）
鳩を飼う姉妹（而立書房、1999・6）
赤い階段の家（而立書房、1999・7）
食卓で会いましょう（ポット出版、1999・10）
水の戯れ（ポット出版、2000・5）
蒲団と達磨（〈リキエスタ〉の会、2001・11）
私立探偵濱マイクシナリオ・上下（エンターブレイン、2003・1）
夏ホテル（ポット出版、2003・9）
シブヤから遠く離れて（ポット出版、2004・3）
「三人姉妹」を追放されしトゥーゼンバフの物語（ポット出版、2006・5）
マテリアル・ママ（ポット出版、2006・5）
シェイクスピア・ソナタ（ポット出版、2008・12）
船上のピクニック（ポット出版、2009・3）
溜息に似た言葉（ポット出版、2009・9）
マレーヒルの幻影（ポット出版、2009・12）
シダの群れ（ポット出版、2010・9）
アイドル、かくの如し（ポット出版、2012・1）
シダの群れ　純情巡礼編（ポット出版、2012・5）
シダの群れ　港の女歌手編（ポット出版、2013・11）
ジュリエット通り（ポット出版、2014・10）

主な作・演出（監督）作品

舞台●『蒲団と達磨』（第33回岸田國士戯曲賞受賞）、『こわれゆく男』『鳩を飼う姉妹』（上記2作で、第28回紀伊國屋演劇賞個人賞受賞）、『月光のつゝしみ』、『テレビ・デイズ』（第49回読売文学賞受賞）、『水の戯れ』、『かもめ』（演出）、『隠れる女』、『夏ホテル』（パルコ劇場／シアターナインス5周年記念公演）、『嵐が丘』、『「三人姉妹」を追放されしトゥーゼンバフの物語』、『西へゆく女』、『ワニを素手でつかまえる方法』（パルコ劇場）、『シブヤから遠く離れて』（作）、『隣りの男』、『欲望という名の電車』（演出）、『シェイクスピア・ソナタ』、『死ぬまでの短い時間』、『恋する妊婦』、『羊と兵隊』、『箱の中の女』、『マレーヒルの幻影』、『シダの群れ』、『国民傘』、『カスケード～やがて時がくれば～』、『アイドル、かくの如し』、『シダの群れ　純情巡礼編』、『不道徳教室』、『シダの群れ　港の女歌手編』、『ジュリエット通り』、『宅悦とお岩～四谷怪談のそのシーンのために～』、『結びの庭』など。

TV●「恋のためらい」（TBS／脚本）、「日曜日は終わらない」（NHK／脚本、カンヌ国際映画祭ある視点出品）、「私立探偵濱マイク～私生活～」（NTV／脚本）、「そして明日から」（北海道テレビ／脚本、日本民間放送連盟賞優秀賞受賞）、「社長を出せ」（NTV／脚本、日本民間放送連盟賞優秀賞受賞）、「時効警察」（EX／3話脚本・監督、7話脚本）など。

映画●「バカヤロー2～幸せになりたい」（監督）、「お墓と離婚」（監督）、「東京日和」（脚本、第21回日本アカデミー賞脚本賞受賞）、「たみおのしあわせ」（脚本・監督）。

主な出演作

舞台●『かもめ』（翻訳・演出：岩松了）、『サッドソング・フォー・アグリードーター』（作・演出：宮藤官九郎）、『マテリアル・ママ』『アジアの女』（作・演出：長塚圭史）、『シェイクスピア・ソナタ』『羊と兵隊』（作・演出：岩松了）など

TV●「世界わが心の旅～99ロシア篇～」（NHK）、「小さな駅で降りる」（TX）、「タスクフォース」（TBS）、「演技者～いい感じで電気が消える家～」（CX）、「時効警察」シリーズ（EX）、「風のハルカ」（NHKテレビ小説）、「のだめカンタービレ」（CX）、「あしたの、喜多善男」（CX）、「官僚たちの夏」（TBS）、「天地人」（NHK）、「熱海の捜査官」（ANB）、「外交官・黒田康作」（CX）、「理由」（TBS）、「変身インタビュアーの憂鬱」（TBS）「ロング・グッドバイ」（NHK）「花子とアン」（NHK）、「翳りゆく夏」（WOWOW）、「ナポレオンの村」（TBS）、「探偵の探偵」（CX）、「経世済民の男・鬼と呼ばれた男～松永安左ェ門」（NHK）など。

映画●「無能の人」（監督：竹中直人）、「GONIN」（監督：石井隆）、「犬、走る」（監督：崔洋一）、「木更津キャッツアイ～日本シリーズ～」（監督：金子文紀）、「キューティハニー」（監督：庵野秀明）、「死に花」（監督：犬童一心）、「真夜中の弥次さん喜多さん」（監督：宮藤官九郎）、「亀は意外と速く泳ぐ」（監督：三木聡）、「となり町戦争」（監督：渡辺謙作）、「無花果の顔」（監督：桃井かおり）、「図鑑に載ってない虫」「転々」（監督：三木聡）、「ディア・ドクター」（監督：西川美和）、「空気人形」（監督：是枝裕和）、「ボーイズ・オン・ザ・ラン」（監督：三浦大輔）、「恋の罪」（監督：園子温）、「悪の教典」（監督：三池崇史）、「中学生円山」（監督：宮藤官九郎）、「謝罪の王様」（監督：水田伸生）、「ペコロスの母に会いに行く」（監督：森崎東）、「俺俺」（監督：三木聡）、「THE NEXT GENERATION パトレイバー エピソード2 98式再起動せよ」（監督：押井守）、「バンクーバーの朝日」（監督：石井裕也）、「トイレのピエタ」（監督：松永大司）など。

書名 ――――― 青い瞳
著者 ――――― 岩松　了
編集 ――――― 那須ゆかり
デザイン ―――山田信也
協力 ――――― Bunkamura シアターコクーン
発行 ――――― 2015年11月12日［第一版第一刷］
希望小売価格 – 2,000円+税
発行所 ――――ポット出版
150-0001 東京都渋谷区神宮前2-33-18#303
電話　03-3478-1774　ファックス　03-3402-5558
ウェブサイト　http://www.pot.co.jp/
電子メールアドレス　books@pot.co.jp
郵便振替口座　00110-7-21168　ポット出版
印刷・製本 ――シナノ印刷株式会社
ISBN978-4-7808-0222-1　C0093　

Blue Eyes
by IWAMATSU Ryo
Editor: NASU Yukari
Designer: YAMADA Shinya

First published in
Tokyo Japan, November 12, 2015
by Pot Pub. Co. Ltd

#303 2-33-18 Jingumae Shibuya-ku
Tokyo, 150-0001 JAPAN
E-Mail: books@pot.co.jp
http://www.pot.co.jp/
Postal transfer: 00110-7-21168
ISBN978-4-7808-0222-1 C0093

【書誌情報】
書籍DB●刊行情報
1 データ区分――1
2 ISBN――978-4-7808-0222-1
3 分類コード――0093
4 書名――青い瞳
5 書名ヨミ――アオイヒトミ
13 著者名1――岩松　了
14 種類1――著
15 著者名1読み――イワマツ　リョウ
22 出版年月――201511
23 書店発売日――20151112
24 判型――4-6
25 ページ数――216
27 本体価格――2000
33 出版者――ポット出版
39 取引コード――3795

本文●ラフクリーム琥珀N　四六判・Y・71.5kg（0.130）／スミ（マットインク）　見返し●タント S3・四六判・Y・100kg
表紙●Mr.B ホワイト・四六判・Y・90kg ／ TOYO 10404
カバー●Mr.B ホワイト・四六判・Y・110kg ／スリーエイトブラック＋TOYO 10404 ／グロスニス挽き
帯●Mr.B ホワイト・四六判・Y・110kg ／スリーエイトブラック＋TOYO 10404 ／グロスニス挽き
はなぎれ●43番（伊藤信男商店見本帳）　スピン●52番（伊藤信男商店見本帳）
使用書体●凸版文久明朝　游ゴシック体　游明朝体　中ゴ　Frutiger　ITC Garamond
2015-0101-2.5